FAIK KONICA

DOKTOR GJILPËRA ZBULON RRËNJËT E DRAMËS SË MAMURRASIT

KATËR PËRRALLAT NGA ZULLULANDI

Faik Konica

ISBN-13: 978-0692287835

ISBN-10: 0692287833

FAIK KONICA (1875 - 1942)

Faik Konica është një nga personalitetet më në zë të kulturës dhe letërsisë shqiptare. Prozator dhe poet, publicist dhe estetist, kritik letrar dhe përkthyes, ai me veprën e tij të shumanshme pasuroi dhe ngriti në lartësi të reja fjalën shqipe dhe mendimin letrar shqiptar. Njeri me dituri të madhe, dhe dhunti artistike, mjeshtër i hollë i gjuhës shqipe, Konica ka hyrë në historinë e kulturës sonë kombëtare jo vetëm si erudit e stilist i përkryer, por edhe si shkrimtar me vlera të shquara ideoartistike.

Ishte magjistër i artit dhe letërsisë, si dhe aktivist kombëtar i shquar.

Lindi më 15 mars 1875 në Konicë dhe vdiq në Uashington në 14 dhjetor 1942. Ai rrjedh nga një familje e vjetër feudale. Mësimet e para i mori në vendlindje, në gjuhën turke, arabe dhe greke. Mësoi në Shkodër, Kostandinopojë, Francë dhe SHBA.

Ishte bir i derës së famshme të bejlerëve të Konicës. Fliste një frëngjishte të kulluar. Më vonë hyri në liceun perandorak francez të Stambollit për të kryer pastaj shkollën e mesme në Francë. Ndoqi studimet për filozofi në Dizhon dhe Paris.

Më 1912 u diplomua për letërsi në universitetin e Harvardit të SHBA me medalje ari, ndërkohë që është cilësuar nga miqtë e tij si "biblioteka lëvizëse".

Fitoi disa konkurse, duke u nderuar me çmime për aftësitë e tij intelektuale jo të zakonta. Faik Konica qysh i ri e lidhi jetën me veprën e tij dhe me lëvizjen kombëtare shqiptare. Pasi botoi broshurën "Shqipëria dhe turqit" (1895) në Paris, ai u vendos në Bruksel (Belgjikë), ku nxori revistën "Albania", kjo revistë politiko-kulturore dhe

letrare u bë organi më i rëndësishëm e më
me autoritet i Rilindjes sonë. E botuar në
gjuhën shqipe, frënge dhe pjesërisht turke,
si një enciklopedi e vërtetë, ajo propagandoi
për vite me radhë (1897-1909) programin e
lëvizjes kombëtare shqiptare, historinë dhe
kulturën e popullit tonë.

Më 1909 Konica, pasi u mbyll revista
"Albania" në Londër, i ftuar nga atdhetarët
shkoi në SHBA ku drejtoi gazetën "Dielli",
dhe më pas gazetën "Trumpeta e Krujës".
Me themelimin e Federatës "Vatra", më 1912
ai zgjidhet sekretar i përgjithshëm i saj. Faik
Konica dhe Fan Noli, duke qenë
udhëheqësit kryesorë të lëvizjes kombëtare
shqiptare në SHBA, shkuan në Londër për
mbrojtjen e çështjes kombëtare në
Konferencën e Ambasadorëve. Në
kongresin shqiptar të Triestes (1913), që u
mblodh për të kundërshtuar copëtimin e
Shqipërisë nga armiqtë e saj, Konica u
zgjodh kryetar. Gjatë Luftës së Parë
Botërore dhe më pas, ai zhvilloi veprimtari
të dendur diplomatike në dobi të atdheut,
në Austri, Zvicër, Itali e gjetkë.

Në 1921 u kthye në SHBA, ku u zgjodh
kryetar i Federatës "Vatra", po ndërkaq në
vitet '20 u lidh dhe ndikoi në lëvizjen

demokratike që zhvillohej në Shqipëri. Këtë do ta bënte nëpërmjet gazetës "Dielli" dhe "Shqiptari i Amerikës". Me dështimin e Revolucionit Demokratik, me ardhjen e Ahmet Zogut në fuqi, Konica u emërua ministër fuqiplotë i Shqipërisë në SHBA. Ministër i Oborrit Mbretëror në SHBA (pëfaqësues i Shqipërisë).

Ai ishte pianist i shkëlqyer dhe një shkrimtar gjenial.

Konica mbahet si krijuesi i prozës modeme shqipe. Tërë krijuesit e letërsisë shqiptare që vijnë pas tij mund të quhen me plot të drejtë nxënësit e tij.

DOKTOR GJILPERA ZBULON RRËNJËT E DRAMËS SË MAMURRASIT

Përrallë

Faik Konica

I

Jashtë Tiranës, mi një kodrë pranë Shkallës
së Tujanit një shtëpi e lyer me gëlqere
shkëlqen në diell dhe bardhësia e saj duket
për së largu posi një njollë prej dëbore në
mes të maleve. Kur afrohet njeriu, vë re
menjëherë se kjo shtëpi, ndonëse e unjur
dhe e vogël - ndoshta me tri oda vetëm ose
të shumtën me katër - ndryshon nga gjithë
shtëpitë e tjera të vendit nga bukuria e
vijave, nga gjerësia elegante e derës, nga
forma e shkafet e penxhereve - sicilido nga
të cilat ka njëzet xhama të vegjël, të lidhur
me metal dhe veçan nga çatia e mbuluar me
qeramidhe të bardha të shkruara me dhe me
kujdes, kuptohet se është një shtëpi e
mejtuar prej një arqitekti - artist për një
myshteri - poet. Kjo ndjenjë, e një gjëje të
ndryshme nga të tjerat, rritet dhe më tepër
kur shikon njeriu kopshtin, ku një shumicë
lulesh, barërash, pemësh dhe sheigjesh edhe
të vogla martojnë ngjyrat e tyre me një
harmoni të rrallë dhe bëjnë rreth e rrotull
shtëpisë së bardhë si një kurorë në bailë të

një vajze. Tiranasit e quajin shtëpinë më parë "Qosku i Bardhë", po i zoti vetë pëlqen emrin Kasolla e Bardhë, dhe më në fund ky emër mbeti.

"I zoti shtëpisë", thamë.

Cili është i zoti i shtëpisë? Një fytyrë origjinale, një tip i rrallë në Shqipëri. Është një mjek i qojtur dr. Gjilpëra. I ati ka qenë tregtar në Petersburg, qytet që sot quhet Leningrad, kish fituar një pasuri të bukur, dhe birit tij të vetëm i kishte dhënë një stërvitje të mbaruar. Djali kish një mendje të hapët dhe të gjerë, interesohej në letrat e vjetra dhe në të sotmet, në historinë e mendimeve dhe në historinë e ngjarjeve, po tërhiqej në një mënyrë të veçantë nga mësimi i shkencave. Kur mbaroi gjimnazin, qëndroi dhe u mejtua. Tregtia e mërzitte. Letrat i donte me gjithë shpirt; po sado i ri, kuptohet se letrat, si karrierë, janë të mbjella me gjemba, duan nge, duan rreth të bukur, dhe instiktet bakale të babait tij do t'i vëjin pengime në zhvillimin e individualitetit. Kanunin nuk e pëlqente, politikën e urrente. -.ioetej mjekësia. Gjilpëra u dalldis në mejtime. Mjekësia? Do të thotë koqe, plagë, qelb, mëlçitë të prishura, zorrët të vulosura, gjak bacille, erëra të liga. Po nga anë tjetër, mjekësia është një dituri fisnike, meqë qëllimi i saj është pakësimi i dhembjes. Pastaj mjekësia nuk është si tregtia, në kundërshtim me letrat. Ca shkrimtarë të mirë kanë qenë mjekë; dhe shumë mjekë kanë shijen e artit, të muzikës, të librave të bukur. Gjilpëra e hodhi zarin për mjekësinë; dhe i ati, si shqiptar kish një nderim të trashëguar, në mos për diturinë, për shkallën sociale të mjekut.

Ashtu Gjilpëra junior u shkrua nxënës në Universitet e Petërsburgut. Tre vjet i vazhdoi mësimet me vullnet dhe me sukses. Profesorët e tij e quanin një nxënës të shkëlqyer. Qe nga të parët në fiziologji, në anatomi, në kimi; biologjia e tërhiqte shumë, biologjia, dituri e çuditshme, që hap udhëra të errëta dhe misterioze ku s'kish shkelur këmbë njeriu gjer dje. Në kohrat e para Gjilpëra u turbullua, i vinte të vjellë, kur nis praktikën e anatomisë, - të çarët e njerëzve të vdekur për të nxënë kleçkat dhe vidhat e fshehta të trupit. Kur i jipnin një vesh, një dorë, ta marrë në shtëpi që ta presë e ta studiojë, qëndronte shumë herë, plot me mejtime si të Hamletit.

Thosh me veten e tij:

"Kjo dorë ka qen' e gjallë një herë, ka shtrënguar duar të tjera, ka lidhur zemër me zemër; ky vesh ka dëgjuar zëra të dashura, muzika të ëmbla; dhe tani dora, tani veshi, qelben, dhe do të copëtohen nga thika ime". Po pak nga pak këtë ndjenjë e mundnë ndjenja të tjera, vazhdoi punën me zell, dhe u bë i mbaruar në anatominë. Në mes të mësimit të diturive të mërzitura, gjente kohë dhe për zbukurimin ose zbavitjen e mendjes. Këndonte më të mirat Lbra të ditës. Njomte kujtimin e klasikëve duke kënduar kryeveprat e vjetra. Qëllonte pak pianon; një sonatë e Bethovenit, një "nocturne" e Shopenit, dhe të interpretuara ligsht, kënaqin shpirtin si një mundim i ëmbël për të hyrë në bashkim ndjenje dhe kuptim me të mëdhenjtë.

Shkonte dendur në koncertet simfonike; më rrallë në Op- era, dhe këtu ahere vetëm kur ish natë baleti; Fokin-i, Pavlova, dhe veçan e perëndishmja Karsavina, i jepnin një shfaqje bukurie ritmike të paharruar.

Në moshën e Gjilpërës zemra ose një nga më të thellat instikte të njeriut, kanë nevojë të kënaqen. Studenti ynë kish një mikeshë të quajtur Vera, i ati i së cilës, një çinovnik (nëpunës i vogël i shtetit) zemërbardhë dhe i dhënë pas vodkës (vodka është rakia popullore e Rusisë) e kish lënë jetime pak vjet më parë. Vera punonte si koriste në një nga theatrat e mbëdha të Petërsburgut. Qe një çupë e gjatë dhe e shkafët, me sy ngjyrë manushaqe, flokë gështenjë, hundën të drejtë, duart dhe këmbët të vogla, gjirin dhe këllqet jo të hedhura shumë; cipën e kish të bardhë; mollëzat e faqeve të kuqe nuk i kish të ngritura sa të viheshin re, shënojin vetëm pakëz sojin sllav dhe i jipnin fytyrës së saj një shije tërheqëse të veçantë. Gjilpëra kur lulëzonte natyra, dilte ngadonjëherë me Verën anës lumit Nevka e Madhe (një degë e Nevës), e shtrihur në mes kopshtesh pa fund; ose kur mbarohej koha e akullit dhe Neva e shkrirë lente avulloret të punojnë, dy miqtë vejin të shkojin nonjë pasdreke në nonjë nisi të afërme; herë në Krestovskij, herë në Kamennji ose në Elagin. Po këto dëfrime jashtë, nëpër pyjet, nëpër lëndinat, anës lumenjve ishin të rralla: punët dhe akulli, i mbajin më shpesh brenda. Sa orë të paharruara studenti ynë kish shkuar në odën e Verës, rreth e rrotull samovarit, duke biseduar nonjë pikë arti a literatyre - se Vera interesohej dhe në gjërat e mendjes! Bisedimi binte ngandonjëherë mi temën më të madhe të psikologjisë së njeriut: tema e

13

dashurisë. Vera me thellësinë mistike të shpirtit skllav të saj, besonte te dashuria si te një forcë e gjallë, fatale, e domosdoshme. Gjilpëra qeshte:

"Vera, - i thosh, - jemi të gjithë viktima të një ëndrre. Ajo që e quajmë dashuri, nuk është veçse një emër tjetër për dëshirën. Është një shtytje e fuqishme e natyrës, jo një zë i perëndishmë i shpirtit, bah! Sot, çupa ime, pimë çaj në këtë odë dhe duhemi;nesër? Nesër, kushedi ku dhe me kë do të jemi?"

Vera qeshte me një qeshje të sforcuar.

"Je cinik, - i thosh, duhet të kisha rënë në dashuri me një poetx jo me një student mjekësie. Po nuk e kisha në dorë. Dashuria nuk zgjidhet; del përpara dhe urdhëron".

Po Gjilpëra e hiqte pranë dhe me fjalë të bukura e për- këdhelte dhe e kënaqte.

Kështu shkoi moti i tretë dhe hyri i'katërti. Gjilpëra ndjente përdita se i rritej kuptimi, dhe truri i tij merrte një fuqi mendonjëse të tijën jo të përsëritur nga të tjerët. Nuk harronte dhe kujdesin e trupit. Thosh me vete:

"Një mjek duhet të jetë i shëndoshë e i shëndetshëm. Si i ditur, mundet, edhe në qoftë i sëmurë, të jetë i zoti të bëjë punë kërkimesh në laboratoret, po si mjek vepronjës, në marrë-dhënie me popullin, dukja e tij duhet të jetë pasqyra e forcës dhe e shëndetit. Kush e mban dot të qeshurit sikur një ulok të dalë si mësonjës i valles dhe të kërkojë nxënës? Një mjek i sëmurë sjell menjëherë në buzët e popullit të thënën e vjetër: "Mjek, shëro vetveten!" I jepte pra trupit tij ushtrime siste-matike, hante dhe pinte mirë, po jo shumë: bënte gjumë të plotë. Fjala e vjetërsisë klasike "Çdo gjë me masë" qe fjala udhëheqëse e sjelljes së tij. Moti i katërt i mësimeve mjekësore mori fund me shkëlqim në qershor 1914; dhe Gjilpëra shkoi në një vakancë në Suedi sipas një dëshire të vjetër. Verës i kish lënë me shëndet një ditë më parë me puthje, qarje, zotime - dhe i ati e përcolli gjer te vapori që do ta shpinte në zaliet e Suedisë.

Gjilpëra hyri tani në një botë të re. Suedia, ndonëse aq afër Rusisë, ndryshon nga shumë pikëpamje. Hiq mezet që hahen përpara drekës dhe darkës dhe që janë si zakuska e Rusisë, pothuejse çdo gjë tjetër - binatë, rrojtja, sjelljet, dukja e qyteteve dhe e njerëzve është tjetërsoj. Dhe për Gjilpërën, për mendjen e tij vëzhgonjëse dhe të dhënë pas gjërave të ra, të gjitha rreth e rrotull tij kishin një interes të madh. Dëfrente me bukurinë e Stokholmit, qytet i shtrihur në një shumicë nisirash, posi një

Venedik i dytë, po me një bukuri veneciane më të paqme, më të ftohtë, dhe më të matur. Kur u dëgjuan topat e parë të Luftës së Madhe, që do t'i vinte zjarrin gjysmës së botës, sytë e njerëzisë së tërë u kthyen mi sheshet e gjakut dhe të vdekjes; mendjet peshojin dhe prisjin fjalën e fundit të fatit, fjala që mënoi aq shumë sa në krye, asnjeri nuk do të kish besuar në një vonim aq të zgjatur. Çdo njeri ish ngrysur dhe për fatin e veçantë të tij zemra e Gjilpërës ish plot me kujdes e me frikë. Ç'ndryshim do të sillte lufta në jetën e tij? Petërsburgu, a qe tani një qendër mjaft e qetë për të vazhduar mësimet? Vallë, nuk do ta shtrëngojin të vente në shesh të vdekjes për të marrë pjesë në veprimet e Kryqit të Kuq? Si do të vinte tregtia e t'et? Disa ditë këto pyetje vejin e vijin në mendje të tij, i goditjin trunë posi valat e detit që përpiqen kundër një shkëmbi. Më në fund bëri një vendim. I rritur në Rusi, nuk ish rus. Ç'gjë e ndalonte t'i vazhdojë mësimet në Suedi. Gjuha? Po në gjimnaz kish mësuar gjermanishten, dhe kjo gjuhë është aq afër suedishtes, sa me tre muaj punë të rëndë, do të ish i zoti të vazhdonte mësimetnë një universitet të Suedisë. Mbetej vetëm leja e t'et. I shkruajti plakut duke i shpjeguar me sa ish e mundur në një kohë kur postat s'kishin më të fshehta për syrin e hapur të censurës. Plaku e kish djalë të vetëm. E donte. Kuptoi. Dha lejen, dhe provën praktike të lejes; një çek për të mbuluar harxhet e motit të parë.

Gjilpëra kish dëgjuar që prej vjetësh për Upsalanë si një qendër kulture me famë, dhe emrin e Universitetit të Upsalasë të zihet në gojë me nderim. Nga të katër universitetet e Suedisë - Upsala, Lund, Stokholm dhe Gothenborg - zgjodhi Upsalanë; dhe që të mësonte sa më shpejt me rrethin e ri, shkoi që në nisje të vjeshtës te qyteti universitar. Erdhi më në fund koha akademike; dhe Gjilpëra tani vuri në kokë kësulën prej kadifeje të bardhë me një shirit të zi, që është shenja e nxënësve të Upsalasë.

Në krye gjuha e pengonte që të zhvillojë mirë mendimet e tija. Po sa vente dhe stërvitej; edhe me atë gjallësi që e karakterizonte, arrijti shpejt të bëhej plotësisht i zoti i gjuhës së re. Ahere profesorët nisnë të kuptojnë e të çmojnë fuqinë mendore të tij; dhe bashkënxënësit gjetnë tek ai një shok vërtetë të matur në të gjitha, po jo kundërshtar të gazit e të qeshjes. Kur kish nge, vente dhe ai në kabaretë e në birraritë; mirrte pjesë në këngët e në vallet, si dhe në shakatë e padëmshme. Njohu nja dy çupa. Motin e dytë të tij në Upsala gjeti një mikeshë. Ia thoshin emrin Ingrid. Qe një leshverdhë e gjatë, nga pikëpamja e shtatit më e bukur se Vera, po me fytyrën më të ftohtë, pa fuqinë misterioze të Verës. Vera! Ç'bënte vallë Vera? Në ç'hall ndodhej. Gjilpëra shumë herë dalldisej në mejtime. I kish shkruar dy herë, po përgjigje s'kish marrë. Harrim, ndoshta? S'kish të ngjarë. Mundet ndërrim shtëpie; ose dyshim i çensurës ushtarake, kurdoherë kundërshtonjëse e shkëmbimit letrash të një gruaje me një mik të jashtëm. Po Ingrida qe një çupë e dashur, me një shpirt të mbyllur dhe si pak të largmë, mikeshë ideale për një nxënës serioz të kujdesur me kërkime diturie, e qetë, e rritur mirë. S'kërkonte një Romeo; desh një shok të pëlqyer. Dhe nxënësi ynë s'kish dëshirë të jetë më tepër.

Lufta shfrynte me të katër anët me një tërbim përdita më të shtuar. Po Suedia, e urtë, rrinte mënjanë duke bërë sehir e duke treguar me të gjithë lëftonjësit. Jeta në Upsala vazhdonte me qetësinë melankonike të një shtëpie të fortë që qëndronte e patundur kur jashtë furtuna përmbys shelgje dhe tund shkëmbinj. Po dhe këtu ngadonjëherë xhamat e penxhereve dhe çatia tundeshe aq shumë, sa dukej që edhe këtë shtëpi do ta shkatërronte furtuna e përgjithshme. Nga Petërsburgu lajmet qenë të rralla dhe të shkurtra. I ati i bënte të njohur vetëm për shëndetin dhe i thosh se tregtia vinte mbarë. Përparimi i ushtrive të Nikolajeviçit në Austri, zaptimi i Lembergut, të rënët e fortesës Przemislit, dhe të arrirët e fuqisë ruse përtej Karpateve gjer në prag të Budapestit, e zbuti censurën dhe i hapi përgjysmë dyert e Rusisë. Plaku Gjilpëra bëri një udhëtim në Upsala. Pas afro dy vjet largimi, të bashkuarit e atit me

djalin qe plot me gaz të mallëngjyer. Qanë hallet, kujtuan të vjetrat. Plaku pruri lajme të mira. E kish rritur dy herë pasurinë. Lufta dukej se do të vazhdonte shumë kohë. Në qoftë se marketa financiare e Rusisë nuk dobësohej në fund të luftës dhe karta ruse qëndronte mirë, aherë do të ishin të zotët e disa milionave. Po fati i luftës s'dihej. Një herë e përfshijtin Kalicinë dhe me një sulm të egër hyjtin në udhën e Vjenës. Dolli Mackensen-i, i mblodhi përpara, dhe duke thyer fortesë pas fortese "posi poçe" (fjalët janë të një gjenerali gjerman), i hodhi Rusët të përgjarkur përtej Polonjës. Për së dyti Rusët mbuluan Bukovinën dhe arrijtin në Karpatet. Kushedi ç'do të ngjiste nesër? Pasuritë fitohen me guxim, dhe amerikani me të drejtë i quan kapedanë të industrisë ata njerëz të punës që guxojnë dhe hidhen përpara. Por guxim s'ndalon të lënët mënjanë të një thele të vogël për rastin e papritur të një këmbimi ters të fatit. Plaku kish prurë treqind mijë kurone të Suedisë, të cilat i vuri në Stokholm në emër të djalit.

"Tani, - tha, - çfarëdo që në ngjaftë, kemi një ngushëllim. mënjanë".

Pas një jave u ndanë me zemër mallngjyer por plot shpresë për të pritmen. Plaku u kthye te sheshi i luftës tregtare, dhe djali te kërkimet e diturisë.

Mësimet e mjekësisë në Universitet të Upsalasë janë më të gjatat në botë, marrin nëntë vjetë, tre vjet më tepër se kudo gjetkë.

Gjilpëra qe i kënaqur. Desh dituri, jo diplomë vetëm dhe ish mjaft i zhviliuar sa të kuptonte që dituria e vërtetë do kohë.

Edhe për një dituri të kokla vitur si mjekësia, me njëzet rrënjë në diturité e të tjerë, katër a pesë vjet janë mjaft sa të mbajë mend njeriu parimet dhe formulat edhe të marrë një diplomë; po që të hyjë në thellësitë e mjeksisë, që të bëhej jo një mjek po një i ditur, i zoti të mendojë nga vetia e tij të gjejë udhë të errëta në rrënjët e sëmundjes e në burimet e shëndetit, duhet një zhvillim i ngadalshëm dhe i gjatë. Sistemi i Upsalasë,

mendonte se Gjilpëra, është i drejtë. Gjilpëra gëzohej që fati i jipte rastin t'i zgjatë mësimet në një qendër kulture të vërtetë. Pa fjalë, formohen edhe gjetkë mjekë të mirë, po në fitofshin dituri e fitojnë pasi dalin nga shkolla, në kurriz të njerëzve të sëmurë. Upsala, qytet i qetë dhe i paqmë, i rrethuar prej një brezi kopshtesh të bukura, i dukej Gjilpërës posi një vend i shënuar nga perënditë për zhvillimin e diturisë pa pengime e pa zhurmë. Dhe Ingrida fisnike dhe e heshtur i dukej si simboli i gjallë i Upsalasë.

21

Shkoi dhe viti i tretë në Upsala. Të katërtin bota u zgjua një ditë me lajmin e papritur se Rusia u proklamua republikë dhe Cari është i burgosur në pallat të tij në Carskoje-Selo. Ngjarjet tani po nxitojnë njëra mi tjetrën. Ca më vonë u përmbys dhe Karenski me republikën e tij, dhe një botë e vjetër mori fund përgjithnjë. Në mes të këtyre zhvillimeve historike, plasi edhe një sëmundje epidemike anembanë të Evropës, duke korrur përditë mijëra njerëz, një sëmundje misterioze e cila, në mungesë të një emri më të kuptuar, u quajt "espanjolle". Suedia e lumtur mbeti jashtë edhe kësaj furtune. Po Gjilpëra ish i kujdesur e i trembur për t'anë, dy herë i kujdesur e i trembur: vallë në ç'hall ndodhej plaku nga puna? E do të qe i zoti të ruante veten nga epidemia? Që kur kish plasur revolucioni në Rusi, studenti i Upsalasë s'kish marrë as ndonjë letër as ndonjë lajm tërthori; dhe me tërë filozofinë e tij, zemra e tij ish e ngrysur me dëshpërim dhe qëllonte me një ritmë të ndryshëm nga ditët e bardha. Të vente në Rusi? Po, ish gati. Po a mund të vente, me rrezik për veten e tij dhe me fitim për asnjeri? Priti dhe ca javë, të cilat iu duknë si muaj të gjata. Dhe një ditë, i erdhi një letër nga Rusia prej një të njohuri. Plaku i kish vdekur - e kish gjetur në mëngjes të shtrihur pa jetë, nga sëmundja "espanjolle" ose nga pika, dhe prej pasurisë së tij s'kish mbetur asnjë gjurmë.

Gjilpëra ndjeu një shtrëngim në zemër. U largua një javë nga mësimet, se shpirti i munduar ka nevojë të përmblidhet dhe të vuajë, në vetmi. Mejtonte për plakun, për trimërinë e tij

në punë, për dashurinë që kish për të birin, dhe për bashkimin e atyre në jetë, si dy shok të dashur më tepër sesa si një atë i ngrysur me një djalë të bindur. Sa keq i vinte që nuk u ndodh në Petësburg në orët e fundit të plakut, që t'i lehtësonte ato çaste të rënda për çdo njeri dhe më të rënda për të paditurit! I vijnë ndër mend një nga ngjarjet e shkuara, i kujtoheshin kuvendimet që kishin pasur bashkë, fjalët dhe qeshjet e t'et. Një plak me ca nga vyrtytet antike të shqipëtarëve, dhe plot me një dashuri të panjohur për vendin, - një soj atdhesie instruktive që Frëgjtë e quajnë "amour du sol natal", po jo "patriotisme conscient". Pas mendjes së plakut, çdo gjë në Shqipëri ish më e mirë se kudo gjetkë: çupat më të hijshme, gratë më të ndershme, ujërat më të paqme, pemët më të hijshme, klima më e

shëndetshme, dhe, gjë e papritur, gjellët më
të mbaruara. Studenti ynë nuk e
kundërshtonte. Një herë vetëm s'kish
mbajtur dot të qeshurit, kur plaku i lëvdoi
verërat e Shqipërisë, si më të mirat në botë.

-Ah baba, këtu e prishe, - i tha, - mirë që
s'na dëgjon njeri. Vera e vërtetë del vetëm
në Francë, dhe në ca vende të Gjermanisë
anës lumit Ren. Në mes të asaj vere edhe të
lëngut- rrushit të thartuar të Shqipërisë ka
aq ndryshim, sa në mes të havjarit të
Astrahanit dhe të jahnisë sonë.

Qeshte dhe i ati me ironi.

-Im bir kuptoka dhe nga verërat! - thosh. -
Po pse? djali im, verërat e Shqipërisë
s'qenkan të mira? Nuk më jep dhe mua të
kuptoj?.

-Ja sepse, im atë. Se vera duhet të ketë një
aromë natyrale, që quhet lule e verës, ose
bouquet. Kur pi një kupë verë të vërtetë, të
mbetet në gojë një shije lulesh të panjohura,
me një erë fare të largme dhe të dobët, të
ngjitet në tru si një tip i hollë i nonjë bari të
perëndishmë. Nuk përshkruhet dot, po
vetëm ndihet. Të vetë hënat verëra të
Ballkanit e të çdo vendi tjetër jashtë Francës

dhe Renit, s'kanë bouquet, prandaj s'mund të quhen verëra: janë lëng rrushi i thartuar. Në dëshiron që të na heqësh një darkë në një restorant që ka qilar me verëra të çmuara - kam dëgjuar se është një me famë afër Prospekt Nevskijt - mund të gjykosh vetë.

-Hajde të vemi që sonte, se s'dua të ta prish qejfin.

Dhe atë mbrëmë, si u veshnë dhe si u ndreqnë, thirrnc një droshka, e cila i shpuri te restoranti më afër Prospekt Nevskijt. Porositë i dha studenti ynë. Me havjarin dhe mezet e tjera, porositi një botile Johannisberger të vjetër, verë e lehtë e bardhë e Rhein-it që bëhet vetëm nga vreshtat e Princ Metternichut, të dhuruara diplomatit austriak prej Fuqive Aliate mirënjohëse pas rënies së Napoleonit. Plaku e piu kupën e parë me një gllënjk. Jo, ashtu baba. Këto verëra nuk pihen, po mbllaçiten, posi kafeja dhe çaji. Pas supës, Gjilpëra i ri porositi një botile Romance-Conti, verë e Bourgogne-s, një verë e kuqe me një lule aq të perëndishme, sa Princi de Conti, vëllai i vogël i Conde-it nga dera mbretërore e Francës, në çiflig të të cilit ndodheshin vreshtat, ku lind ajo verë, e pinte të tërë vetë me miqtë e tij, pa dërguar asnjë botile në market. Kohërat tona më vulgare, po më praktike s'kanë si në shekujt e shkuar princër egoistë, që i mbajnë gjërat e mira për veten e tyre, dhe e paka Romance- Conti që bëhet përndahet anembanë të botës për ata fatbardhët që janë të zotërit ta paguajnë. Plaku johannisberg-un nuk e kish përfillur, e kish qojtur një farë limonade të trazuar me vodkë. Romance-Cont-in e pëlqeu më tepër:

-Kjo, - tha, - më kujton verërat e Negzhodit.

Gjilpëra i ri nënqeshi. Gjellët e zgjedhura kryevepra të një chef-i vazhduan njëra pas tjetrës.

Një nga gjellët që kish porositur Gjilpëra i ri, quhej truffes a la cussy, njëfarë kërpudhe e zier në champagne dhe e servirur e ngrohtë e pështjellë në një servietë. Qe një nga gjellët e shpikura prej gourmetit fräng me famë Marquis de Cussy. Me gjellët e fundit, prunë verën e tretë të porositur nga Gjilpëra i ri, një botile Castea-Latour, verë e kuqe e hollë e Juges Francës, e cila e shijuar pas Bourgogne-s sjell një shplodhje, një zgjim, një ringjallje të mendjes dhe të vullnetit. Gjysmë filxhan kafeje të zezë i vuri kurorën kësaj darke elegante, luksi i së cilës e çuditi plakun, një çudi që u shtua më tepër kur shërbenjësi i pruri notën: 165 rubla - në një kohë kur rubla ish rubël. Kur droshka i la në shtëpi, "E, si t'u dukën verërat? - pyeti studenti ynë.

-Ato të Shqipërisë janë më të mira, - tha plaku. - Verërat që pimë sonte janë të ujdisura, as që bien erë verë. Verërat e Shqipërisë bien erë verë për së largu.

-Po vera e mirë s'duhet të bjerë erë, im atë; vera e mirë është si një vajzë e stërvitur që flet me zë të matur e të butë; vera që bie erë së largu është si një njeri që bërtet duke folur dhe që e dëgjojnë tërë mëhalla.

-Përveç kësaj, djali im, verërat që të pëlqejnë ty s'janë as për njerëz të pasur si unë, qenkan për njerëz miliunerë.

-Ka verëra të Francës të lira im atë; desha vetëm të shijojmë një herë ca nga ato më të famshmet, që të zgjidhim një pikë bisedimi.

Këto kujtime, dhe shumë të tjera i ktheheshin Gjilpërës, dhe zemra i mallëngjehej për plakun e dashur plot me mungesa barbare, po plot me virtyte barbare, i cili vdiq në mërgim kushedi se si, ndoshta me dëshpërimin në shpirt.

Ingrida, porsa mësoi ngjarjen, i bëri vizitë dhe me takt pa dhënë ngushëllime të kota që s'ngushëllojnë po vetëm lëndojnë, foli mi çështje të tjera, dhe i proponoi një shëtitje anës lumit Fyris. Shoqëria e kësaj vajze të qetë, sjellja e së cilës ato ditë që, jo si e një të dashure, por si e një motre, që i prehte shpirtin dhe i vinte në gjumë dhembjet. Sa ndryshe do të kishte qenë Vera në një rast të tillë! Gjilpëra pikturonte ceremoninë në kishë, temianin dhe qirinjtë, psallmat dhe varrimin, dhe pastaj - Verën me shpirtin e thellë dhe misterioz të saj. Verën, e cila fenë dhe vdekjen dhe sensualitetin i përziente që të trija në një ndjenjë të pandarë, ndjenjë mistike dhe perverse që tërheq disa natyra. Mbante mend stilin e Verës në të puthurin: Vera, pasi e puthte në buzët, i përkëdhelte ballin me të dy

duart, pastaj e përqafonte dhe e puthte për së dyti po këtë radhë në zverk, një puthje e gjatë, me sy të mbyllur, që mbaronte me një të tërhequr të hundës, sikur desh të mirte erë shpirtin e tij në shpirtin e saj. Po të kish ngjarë vdekja e plakut, kur i biri ndodhej në Petërsburg, pa fjalë, Vera do të ish ndodhur në varrim; dhe Gjilpëra ish i sigurtë se Vera do t'i kish dhënë atë të puthur që në varret, ndoshta, që në kishë brenda. Gjilpëra ish i kënaqur që, në këtë rast të paktën, vendin e Verës e zente Ingrida. Këto mendime i rrëkëllejin në mendje kur rrinte me ingridën anës lumit Fyris, duke bërë sehir një anije me avull që shkonte nga Upsala për në Stokholm. Me një ndjenjë mirnjohjeje për ftohtësinë plot me takt të Ingridës, Gjilpëra i mori dorën dhe ia puthi me një të puthur vëllai. Ingrida i përkëdheli flokët, pa ia kthyer të puthurit.

Popujt, të lodhur nga vrasja, dëshëronin paqe. Financa ndërkombëtare pa se kish arrirë koha për të korrur sheshet të vaditura me gjakun e djemurisë. Doli urdhri dhe armët pushuan. Po lufta kish për të vazhduar shumë vjet nën një formë tjatër. Në shkatërrimin e përgjithshëm që pasoi pushimin e armëve, jo vetëm u përmbysnë frone dhe u zhduknë shtete të vjetra, por tërmeti rrëzoi dhe pasurira personale. Shumë njerëz që rrojin në mes të luksit më të madh, u zgjuan të nesërmen udhëve; se me të rënët e valutave në marketat e financës, miliunet - u bënë copëra karte pa vlerë. Paraja e Suedisë ish një nga të rrallat që mbajti fuqinë blerëse të vjetër. Gjilpëra ish plot mirënjohje të mallëngjyer për parëshikimin e urtë të plakut që kish vënë me kohë në një bankë të Stokholmit ato të 300 000 kurona të Suedisë dhe ashtu i kish shiguruar të birit, jo vetëm rrojtjen, po dhe luksin në mes të një periudhe të turbullt dhe të rrezikshme.

Gjilpëra e ndjente veten një savant të vërtetë. Në spital profesorët i çmojin diagnozat e tija; me një siguri të palajthitur, zbulonte rrënjët dhe zhvillimet e sëmundjes, dhe bënte të duhurën - sipas shkallës që ndodhet sot dituria - për të paksuar dhembjet dhe për të zhdukur simptomat. Truri i tij qe mjaft i arrirë për të mos besuar më në dogmat naive të doktorëve katundi. Kish marrë vesh mirë që mjekësia është një dituri në djep, që shkaket e thella të sëmundjeve janë edhe të panjohura, që asnjë ilaç nuk shëron me të vërtetë asnjë sëmundje, që vetëm një pakicë ilaçesh i japin trupit një çlodhje të hëpërhëshme, por jo shpëtimin, dhe që, kur ca sëmundje shërohen, shërohen prej vetiu nga fuqia e trupit të përdorur mirë. Cili është pra, roli i vërtetë i mjekut? Një rol stërvitës, mendonte Gjilpëra, një rol këshilltar ekspert, për të mësuar popullin, jo qysh të shërohet, po qysh të mos sëmuret;

një rol i rëndë, që popullit nuk i pëlqen të vrasë mendjen për të kuptuar dhe heroi i tij është kurdoherë sharlatani që shet hapet për të shëruar gjithë sëmundjet të njohura e të panjohura.

Në qershor 1920, pas nëntë vjet pune dhe kërkimesh, nëntë vjet aventurash të pasionuara në udhët e ngushta dhe të ashpra po të çuditshme të diturisë, Gjilpëra mori më në fund kësulën e doktorit të mjekësisë në Universitetin e Upsalasë. I ditur, i pasur, po i vetëm përpara një bote të trazuar e të përgjakur, Gjilpëra kish për të zgjidhur problemin e sheshit të veprimit të tij. Mund të rronte kudo; dhe meqë kërkimet e laboratorit i pëlqenin më tepër sesa puna e spitaleve mund të vazhdonte të ndenjurit në Suedi. Me këto mendime u largua nga Upsala dhe u vendos në Stokholm, ku mori leje të punojë në laboratoret e një instituti me famë - Karolinska-Mediko-Kirurgiska. Stokholmi është nga Upsala një orë me udhë të hekurt, ose nja dy orë me anije të avullit nëpër lumin Fyris dhe një pjesë të liqenit Malear. Dr. Gjilpëra vente ngandonjëherë në Upsala për të takuar Ingridën; po më shpesh e ftonte Ingridën në Stokholm, që ta shpinte në theatër, veçan kur jipnin nonjë vepër të Strindberg-ut, më të fuqishmit shkrimtar dramatik të kohëve tona, i cili në shumë lodra të gjata ka vetëm tri fytyra dhe është i zoti, me aq pak fytyra përpara shikonjësve, jo vetëm të shpëtojë nga monotonia, po edhe ta mbajë disa orë publikun me vërejtje të palodhur e të gjallë: artist me të vërtetë i thellë, që arrin efekte të mëdha, me mjete të pakta. Ingrida e bënte udhëtimin në Stokholm me një gëzim çdo herë të përsëritur e të shtuar, dhe kthehej në Upsala me një mallëngjim për mikun e saj besnik, doktorin e huaj, i cili, tani burrë 29 vjetësh, syzi, me ballë të gjerë, i gjatë e i hollë, kish një dukje fizike të pël- qyer; dhe veçan fytyra e tij prej mendonjësi kish një gjallëri që ngandonjëherë turbullonte edhe shpirtin e qetë të Ingridës.

Në këto e sipër, shtypi i Suedisë nisi të botojë lajme për disa ndryshime që po bëheshin në Shqipëri: Kongresi i Lushnjës dhe ca më vonë Kryengritja e Vlorës, u duknë si shenja jete dhe fuqi morale nga ana e popullit shqiptar. Dr. Gjilpëra i vazhdonte me interes zhvillimet. Kish pasur kurdoherë një ndienjë kurioziteti për Shqipërinë. Patriot, në kuptimin e ngushtë të fjalës, nuk ish. Mendonte si Sokrati, i cili thosh se nuk ish as athenian, as grek, po "qytetar i botës", mendonte se i urti i kohërave modeme, Gëte, i cili refuzoi të marrë pjesë në lëvizjen patriotike të Gjermanisë kundër Napoleonit, se edhe Gëtja e quante veten një "qytetar i botës" si Sokrati. Bota është atdheu i madh i çdo njeriu të kuptuar. Po nga ana tjetër, si mund të ketë përparim, si mund të zhvillohet njerëzia, po të mos ndahet puna? Si mund të lulëzojë sheshi i atdheut të përbashkët që është bota, në qoftë se njerëzit nuk grupohen në një mënyrë a në një tjetër, për të lëruar çdo grup një copë të dheut? Dhe, ku ka grupim më pas natyrës se sa grupimi i njerëzve që flasin një gjuhë dhe kanë rrojtur brez pas brezi bashkë në një qoshe të botës? Sokrati dhe Gëtja ishin qytetarë të botës, jo njëri grek dhe tjatri gjerman; megjithatë, Sokrati nuk shkoi në Suze të Persisë ose Memfis të Egjyptes, për të dhënë mësimet e tija, po mbeti në Athinë; Gëtja nuk u vendos në Paris a në Romë për të zhvilluar mendimet e tija, po qëndroi në VVeimar. Ashtu edhe këta të dy kozmopolitë të lartë kanë pasur njëfarë patriotizme, po në një kuptim të gjerë, fare të ndryshme nga patriotizma e ngushtë dhe urrejtëse e një Demosteni ose e një Bismarku. Dr. Gjilpëra në orë të çajit, kur avulli aromatik që ngrihet nga filxhani merr fantazinë e njeriut

dhe e shpie në kujtime të largme, ëndërronte' shpesh për Shqipërinë. I vinte ndër mend një ambicje e t'et për të bërë një spital në Shqipëri, ambicje naive prej të padituri zemërbardhë që s'thellonte. Ç'është një spital në një vend si Shqipëria, ku të gjithë janë të sëmurë? Është një shtëpi ku ata më të sëmurët, ata që janë në të vdekur e sipër, venë me shpresën patetike, po të marrë, se do të shërohen duke pirë ca ilaçe! Para dhe mundime të hedhura më kot për të shpëtuar njerëz që nuk është e mundur të shpëtojnë, kurse me ato para dhe me ato mundime mund të organizohej anembanë vendit një luftë sistematike për të stërvitur popullin në parimet themeltare të shëndetit e të rrojtjes dhe për të gatitur një brez të ri prej njerëzish të shëndoshë, të paqmë, të shkathët, me trupë të hijshme dhe të forta, ku sëmundja të thyejë dhëmbët e saj, posa të kafshojë dhe trupin mundës ta lejë të pacënuar. Ja, një vepër me të vërtetë e madhe, një vepër aq fisnike, sa vlen të bëhet qëllimi dhe ambicja e një mendonjësi.

Kështu fliste me vete Dr. Gjilpëra, kur kërkimet e ditës në Karolinska Institut merrjin fund dhe u lejin vendin ëndërrave. Vepra e pionierit, domethënë e njeriut që çan një udhë të re në çfarëdo shesh përparimi qoftë, i dukej me tërë madhështinë dhe bukurinë poetike të saj. Ah, se ç'ëndërr sikur të përmblidhte një herë tërë forcat e shpirtit të tij, të shkëputej nga rrethi i qytetëruar ku rronte dhe të vente si apostull i qytetërisë në mes të barbarëve! Por jo? Librat, pianon, veglat për kërkimet shkencëtare mund t'i shpinte kudo. Punën e laboratorit mund ta vazhdonte edhe në Shqipëri, paralelisht me veprën e re të tij si pionier. Të paktën mund të bënte një udhëtim, të rrinte ca javë në Tiranë, të studionte njerëzit, rastet, rrethin; dhe po t'i mbushej mendja mund të kthehej në Suedi për të mbledhur plaçkat. Kjo ide pak nga pak mori një formë aq të gjallë në zemër të filozofit tonë të ri, sa më në fund si një zë i brendshëm e shtyti ta nisë udhëtimin. Shkoi në Upsala t'u lërë shëndet miqve dhe të përqafojë Ingridën, edhe pa humbur kohë nëpër qytetet e plagosura të Gjermanisë e të Austrisë - arriu në Itali.

Italia! Një emër që tingëllon si muzikë në veshin e njeriut të tetëruar, djepi i qytetërisë modeme, burimi i arteve, i muzikës, dhe i elegancave në botën e sotme, - emri i një vendi ku çdo çip ka një histori, çdo gur një kujtim. Për një njeri që ka rrojtur tërë jetën e tij në ftohtësirat e Veriut, Italia ka dhe një tërheqje të dytë: është vend i diellit, i luleve, dhe i pemëve - një parajsë delikate dhe e njomë që e bëri Dr. Gjilpërën si të dehur me bukurinë e jetës. Vendosi të qëndrojë nja dy javë në Itali.

Vizitoi Fiorencën, lulishte nga emri dhe plot me lulet e kujtimeve elegante të Rilindjes; mbeti i habitur përpara bukurisë së qetë dhe të matur të Sienës; dhe kur arriu në Romë, iu duk sikur u hapnë përpara tij dyert e një bote të çuditshme, përmbledhje e vjetërsisë klasike, e kohës së mesme, dhe e jetës së sotme shesh në gjurmët e gjalla të tri kulturave.

Dr. Gjilpëra qëndroi në Romë tetë ditë, që iu duknë tetë çaste. Çdo gjë atje e tërhiqte, monumentet, muzetë, kopshtet dhe dukja e grave të popullit në Transtereve, stërmbesa të vërteta të romanëve të vjetër, si nga vijat e fytyrës ashtu dhe nga dinjiteti e nga kryelartësia. Një gjë që e çuditi në Itali, është se i gjeti gratë aq të bardha. Në mes të bukurive të ftohta të Veriut, në mes të cipave prej dëbore, kish ëndërruar shumë herë për të bijat e Jugës - çupat e Espanjës e të Algerisë - me lëkurën të thekur në diell dhe me trupin të ngrohtë. Po në Itali nuk i kish zënë syri ndonjë tip të atillë; ndoshta, duhej të udhëtonte më tepër nga ana e Jugës për të shikuar ato statuja të gjalla prej balte të pjekur që ia deshte zemra.

Po treni që e shpinte nga Roma në Bari, ia ktheu mendimet te qëllimi i madh i udhëtimit të tij. Dhe kur anija e vogël me avull mblodhi hekurin dhe bëri për zallet e Shqipërisë, ndieu në zemër një shtrëngim si të një njeriu që mbyll një pjesë të librit të jetës së tij dhe hap një pjesë të re, ku s'di se ç'ka për të shkruar dora e fshehtë e Fatit.

II

Durrësi - me shtëpitë e bardha, me kullat rrumbullake të mbetura nga Koha e Mesme, me kodrat e murrme prej shkëmbi të prerë maja-maja si nga dora e njeriut që i bëjnë një kurorë të rëndë përmi krye - duket për së largu, për udhëtarin që afrohet nga deti, një qytet përralle dhe bukurie i shtrihur pranë valave. Po i pari kontakt me barkarët e limanit e prish menjëherë atë lodër të mendjes dhe e vë njerinë përpara një vërtetësie jo aq të pëlqyer. Barkat iu afruan anijes së avullit, dhe dr. Gjilpëra hodhi një sy mi njerëzit që vozitnin: Ishin shembëlla shumë të varfra të racës së njeriut: njerëz të zinj e të verdhë, të ngrysur, të mvrenjtur, të parrojtur, të pakrehur, probabilisht të 'palarë, njerëz të mërzitur nga bota dhe nga vetja e tyre, që nuk shihnin. Dr. Gjilpëra u habit shumë, dhe në një italishte të thyer pyeti një oficer të anijes si qe e mundur të ndodheshin barkarë nga Malta ose nga Aleksandria në një liman të Shqipërisë. "Ma che Maltesi, che Egiziani, sono propio Albanesi" , u përgjigj ofiçeri duke shkuar. Dr. Gjilpëra mori valizen e tij në dorë, zbriti shkallët e pasigurta të anijes së ndryshkur dhe hyri në një barkë me ca udhëtarë të tjerë.-Në doganë u doli përpara një turmë e errët, njerëz të verdhë, me fytyra të lodhura, dy policë brutalë i shtyjtin me të mëngjër e me të djathtë dhe udhëtarët hyjtin në binanë e doganës. Këta doganierët, me fytyra të palara e të thartuara, nisnë të gërvishnin plaçkat. Dr. Gjilpëra kish kapërcyer shumë kufi, po asgjëkundi s'kish gjetur një tërbim kërkonjës aq të madh. Ç'shikojin? Në bëjin hetime policie, si nuk i pati shjenguar njeri se dokumentet e dëmshme nuk lihen në valizat? Në mundoheshin të gjenin lëndë fiskale për të mbushur arkat e shtetit, si nuk i kish stërvitur guverna të bëjin ndryshime në mes të dengëve malli, që janë për marketat edhe të një valize udhëtari me plaçka të trupit? Apo në këtë vend të lumtur vallë, mos goditeshin me një taksë edhe brekët e -uhëtarëve! Doganieri që gërmonte valizen e dr. Gjilpërës zbuloi një kuti të madhe me pluhur për të fshirë dhëmbët: menjëherë kalli dy gishtërinj të palarë, me thonj të zinj dhe nisi të rrëmojë që të shohë se ç'kish brenda. Pyeti në ç'punë hynte ky toz.

-Për të fshirë dhëmbët, - tha dr. Gjilpëra.

-Axhaip! - bëri doganieri.

Pastaj thirri një shok dhe i tha:

-Shiko se ç'thotë ky njeri: këtë e paska për të fshirë dhëmbët!"

Që të dy doganierët qeshnë duke shfaqur nofuilat të

ndryshkura dhe gjysmë të kalbura.

-Ollur shej diil, - tha doganieri i dytë, -
dhëmbët s'janë pisqolla ose çibukë që të
fshihen; këtu, kardashëm, ka nonji hile; dale
të gërvish dhe unë kutinë.

Dhe nisi ta trazojë me dy gishtërinj jo më
paqmë se të doganierit të parë. Si e trazoi
mirë, "Vaz gjeç, - i tha shokut, - kjo është
ndonjë budallallëk Frëngu, s'na prish punë."
Si fliste ashtu, diç i ra nga këmisha me
dhjamë mi këmishët e bardha të dr.
Gjilpërës, i ra një gjë e vogël, e murrme, e
cila nisi të lëvizë. Dr. Gjilpëra e zuri dhe e
vuri në dorë të doganierit:

-Ky është malli juaj, merreni.

-Oh, s'është gjë, një morr vetëm, - tha
doganieri, e vuri mi një thua dhe e shtypi
me thoin tjatër, pastaj i fshiu duart mi
pantollonat.

-Ja dhe një tjetër, - tha doganieri i parë, - po
unë do ta hedh mbë dhe, se është gjynah të
vrasim një gjë të gjallë.

-Po unë nuk e lë të gjallë, sikur të pëlcas! -
tha doganieri tjatër dhe duke u unjur me
sytë e tij prej macie e gjeti morrin dhe Krak!,

- E vrava! Mor sa i majmë paska qenë qerratai! - tha.

-Je njeri pa shpirt, - u përgjigj shoku i hj.

Dr. Gjilpëra e kish vazhduar në heshtje këtë skenë të çuditshme.

-Tani që morri nuk është gjallë, s'ka kuptim të zihemi, - tha mjeku ynë. - Po jam i mendjes që duhet t'i bëjmë një mbulesë të ndershme viktimës.

Dhe duke zbrazur kutinë me pluhurin e ndotur përmi morrin.

-Tani, - tha, - i ngritmë viktimës një monument të bardhë; dhe në qoftë se ca më vonë e merr era dhe s'mbetet gjësendi, duhet të ngushëllohemi me kujtimin që çdo gjë në botë është efemere. Zotërinj, ku janë monumentet funerale të Nimrodit, të Nabukodonasorit dhe të njëqind luftëtarëve me famë? Doganierët dëgjonin gojëhapur.

-A kam leje tani të largohem? - pyeti Dr. Gjilpëra.

-Kini për të paguar pesë napolona, - thanë doganierët.

-Pesë napolonë! Po përse?

-Se kini shumë çorape, shami, këmishë, dhe jaka. Një njeriu të vetëm nuk i duhet, as çereku i atyre që keni ju në këtë valize.

Dr. Gjilpëra kuptoi se ish më kot t'i zgjatte fjalët me këta njerëz, paguajti, mori dëftesë, mbylli valizen dhe u largua nga dogana. Po tek po dilte, e zuri një polic dhe i dha urdhër ta vazhdonte në zyrë të policisë. Kryetari nisi ta pyesë duke e shikuar në sy me një armiqësi të thatë.

-Zot, - i tha, - për ç'qëllim keni ardhur në Shqipëri?

-Se jam shqiptar, dhe desha të vizitoj vendin tim.

-Kush jua heq harxhet e udhës?

-Asnjeri.

-Halld ettin! Po s'e paguajtin, çan kokën të udhëtojë njeriu?

Dhe fytyra e kryetarit të policisë u ngrys më tepër.

-Dëgjoni, - tha doktori. - Jam i pasur, pse të mos bëjë një udhëtim për të çlodhur mendjen dhe për të kënaqur shpirtin tim?

Posa dëgjoi për pasuri, fytyra u zbut menjëherë dhe nënqeshi. Nxori një kuti cigaresh dhe ia zgjati mjekut.

-Zoti doktor, - tha komisari, - mos i merrni për keq pyetjet e mia. Janë formalitete pa rëndësi, po kam detyrë t'i mbaroj.

Pastaj ju kthye policit që kish prurë doktor Gjilpërën dhe i tha të porositi dy kafe të mira. Kur doli polici jashtë, komisari afroi fronin pranë doktorit.

-Zoti doktor, më dukeni njeri i mirë dhe ju nderoj me të vërtetë. Le të flasim shkoqur. S'vjen njeri për qejf në Shqipëri, kur mund të shkojë kohën e tij në kafeshantanet me famë të Evropës. Ç'interes ju pruri në këtë vend të mallkuar?

Dr. Gjilpëra kish nisur të shohë në thellësirat e errëta të këtij shpirti barbar, dhe kuptoi se do të ish kohë e humbur t'i jipte shpjegime të kthjellëta.

-Zoti komisar, jam i pasur dhe s'kam nevojë për gjësendi. Po e dini që sa më tepër të ketë njeriu, aq më tepër i pëlqen ta shtojë pasurinë.

-Tabi! - tha komisari.

-U mejtova, - vazhdoi dr. Gjilpëra, - se po të vija në Shqi- përi dhe të shisja ca hape të çuditshme që shërojnë pa-një pa- dy gjithë sëmundjet e botës, aq sa dhe njerëzve që kanë mbetur me një mëlçi u rritet mëlçia tjatër, posa të gëlltitin ato hape, - mejtova se do të kem myshterinj sa të dua dhe do të fitoj para pa masë.

-Haj-haj, - tha komisari, - ja tani kuptova, dhe mund t'ju thom se do të bëni punë shumë, ndonëse do të gjeni në Tiranë një mjek me famë, një nxënës të mesh-hur Habibullah pashait. Ky mjek quhet Dr. Emrullah dhe bën çudira. Do ta kini kundërshtar të rrezikshëm; po jam i bindur se do ta mundni.

Qëndroi pak, nënqeshi dhe vazhdoi duke ulur zërin e duke shikuar Gjilpërën në sy.

-Zoti doktor, kam grua e fëmijë, dhe s'janë mirë nga shëndeti. Kini mirësinë të më falni sa ilaçe?

Dr, Gjilpëra e shikoi në sy dhe kuptoi qëllimin e këtij barbari të korruptuar.

-Zoti komisar, s'kam prurë ilaç me vete, se ky udhëtim i parë që po bëj në Shqipëri është vetëm për të shikuar vendin dhe për të zënë një shtëpi. Po këtu në Durrës, pa fjalë, ka ilaçe;

dhe në qoftë se më jipni leje, dëshiroj t'ju bëj një dhuratë që t'i blini vetë.

Dhe pa pritur tjatër përgjigje nga komisari, veç kënaqësisë së shfaqur me një buzëqeshje, nxori çantën i numëroi gjashtë bileta 50 liretash njëra. Komisari i vuri shpejt në xhep duke i shtrënguar dorën, dhe e largoi fronin e tij. Atë çast u hap dera dhe hyri polici me të dy kafetë, e la tepsinë në tryezë, dhe duke u ulur pranë komisarit, i tha në turqisht:

-Kur bëhej kafeja, unë përgjoja prapa derës, dëgjova dhe pashë, dua hisenë time.

-Hesht melun, se unë s'ta ha hakën! - u përgjigj komisari gjithë në gjuhën turqishte; pastaj vazhdoi shqip:

-Zoti doktor Gjilpëra është njeri i ndershëm, më dha provat: duhet t'i ndihim që të vejë rehat në Tiranë. Tromobili niset në dy orë. Lëre zotërinë e tij në një hotel që të hajë e të çlodhet; pastaj, kur të afrohet ora, shko merre zotin doktor dhe shpjere në tromobil, ku në qoftë se s'ka vend, duhet të ketë.

Polici salutoi, dhe pasi dr. Gjilpëra i shtrëngoi dorën komisarit, duallnë që të dy jashtë. Posa u mbyll dera, komisari u hodh nga vendi i tij dhe ngjiti syrin në vërën e kyçit. Polici me doktorin qëndruan në divan dhe kuvendonin. I thotë polici me zë të unjur.

-Zoti doktor, dëshëroj të ju mbaroj punë dhe të ju shërbej me çfarëdo mënyre. Po bëmëni dhe ju një të mirë. Kam gruan dhe vjerrën të sëmurë. Më falni ca ilaçe, zoti doktor.

-Me gjithë zemër, - përgjigjet doktori, dhe i vë në dorë 2 bileta nga 50 lireta njëra.

Kur duallnë në oborr komisari hapi penxheren, dhe duke ngritur gishtin dëftonjës të dorës së djathtë.

-Edhe unë të pashë, i blis! - i tha policit turqisht, - Tani ti hisenë tënde e more vetë!

Dhe mbylli penxheren pa pritur përgjigje.

Udhës dr. Gjilpëra i foli policit:

-Dëgjoni. Shikoj se jini rijë djalë i kuptuar. Kam nevojë për ca këshilla, dhe do të jem mirënjohës me prova të shëndosha, më të shëndosha se provat që i dhashë komisarit. Unë kam ardhur këtu me qëllime mirëbërëse; po ndonëse shqiptar nga burimi, jam rritur jashtë dhe s'kuptoj aspak mendjen dhe mënyrat e këtij populli. Në politikë s'dua me asnjë mënyrë të trazohem, as dreq për dreq, as tërthori, as sheshit as fshehtazi. Megjithkëtë, kuptoj se këtu do të gjej ndalime. Pa fjalë, kam në dorë ilaçin, mund të kthehem atje nga kam ardhur, dhe shpëtoj nga gjithë mërzitë. Po shkake që s'mund t'i mirrni vesh, shkake të mendjes, të shpirtit, si të thom? Më shtyjnë me forcë që të vij të rri këtu dhe të mundohem në mes të këtyre njerzve. Është njëfarë mirësie në doni të kuptoni jam njëfarë i çmenduri po mi atë pikë vetëm. Tani dua të di, në Tiranë, kush mund të më japë lehtësira, kush mund të më verë pengime në këtë zanat tim të mjekësisë, zanat te i cili kam nër mend të zhvilloj ca sisteme të ndryshme nga ato të vendit. Ju jap fjalën si njeri i diturisë që jam dhe s'di gënjeshtra, se këshillat dhe fjalët tuaja do t'i mbaj për vete dhe nuk do t'i shfaq kurrë njeriut burimin e informatave të mia.

Polici heshti dhe vazhduan udhën.

- Zoti doktor, - tha më në fund, - kemi dhe dy orë gjersa të niset tromobili. Më thatë qëpari se doni të bëni një drekë me vezë të ziera dhe me pemë. Shtëpia ime është këtu afër. Nuk jam i martuar, dhe rroj në shtëpi me dy shokë, edhe ata policër, të cilët tani ndodhen në detyrë e sipër. Në shtëpi mbajmë pula, dhe mund t'ju ziej vezë të ditës, që nuk do t'i gjeni në asnjë llokantë; dhe sa për pemë, kemi në bahçe shumë dhe të mira. Po deshtë, urdhëroni të vemë në shtëpi time; atje s'do të na prishë njeri muhabetin dhe muret s'kanë vesh. Do të fias zgjedhur dhe do të mbeteni i kënaqur.

Dr. Gjilpëra e pëlqeu mendimin, dhe që të dy hyjtin në shtëpi të policit.

Polici e kalli doktorin te oda më e mirë dhe shkoi të ziejë vezë e të mbledhë pemë. Dr. Gjilpëra u ul në një fron prej kashte,

pranë një tryeze prej druri të bardhë, të mbërthyer me gozhdë. Kish edhe katër frona të tjerë prej kashte në odë. Muret ishin të lyera me gëlqere dhe dy rekllama fabrikash, me bojëra, përfaqësojin artin në këtë rreth të varfër. Dr. Gjilpëra kujtoi kasollet e fshatarëve në Suedi, me mobila të rënda prej dushku të skalitur, me gravura të bukura në muret, dhe me velenxa, të ngrohta në truall; dhe çuditej pse kjo odë, më "e mira" e një shtëpie e mbajtur nga tre policër shqiptarë, të mos ish më e hijshme dhe më e pëlqyer. Të tre ndenjësit ishin të rinj, kishin punëra të rregullshme, rroga dhe bahshishe; - pse nuk ndiejin nevojën e një rrethi më të bukur? Ish në këto mendime, kur polici u kthye me vezët dhe pemët, dhe me takëme prej teneqeje. Dr. Gjilpëra hëngri pa folur. Kur mbaroi, ndezi një cigare dhe i tha policit:

-Tani jemi që të dy gati dhe me nge për të kuvenduar.

-Zoti doktor, - tha polici, - duhet, e para e punës, të kuptoni mirë dy gjëra për të bërë punë në Shqipëri: E para është, që këtu hiçnjeri s'merr ryshfete.

-Atë e kuptova, - tha doktori.

-E dyta gjë, - vazhdoi polici, - është që këtu të gjithë duan dhurata.

-Dhe dhurata me ryshfetin kanë një ndryshim, - tha doktori.

-Shumë ndryshim, - vazhdoi polici. - Tani, zoti doktor, në një vend ku asnjeri s'bën kabull të marrë ryshfete, po të gjithë presin dhurata, si i bëhet halli atij që ka hall? T'u japësh të gjithëve është e pamundur. Të mos u japësh hiçnjeriu, është marrëzi, se ahere jo vetëm s'mbaron dot punën tënde po të vënë dhe pengime. Fjala vjen, të ndalojnë të gjesh shtëpi; ka shumë shtëpi të zbrazura në Tiranë, po s't'i japin. Ti, axhami, s'merr vesh pse: Para ke, njeri i mirë je, po s'ta vënë veshin. Të kënda të gjesh gjëra taze për të ngrënë, nuk t'i shesin, ose që të flasim më drejtë, nuk të lënë të të afrohen njerëzit që i kanë për të shitur. Hajde të thomi se u vendose, s'të lënë të punosh. Ke ilaçe? Dale t'i tretim që të shohim a janë të paqme. Ke vegla dhe makina?

Dale t'i zbërthejmë që të shohim se mos janë të dëmshme për ^ icetin. Ke libra dhe dorëshkrime? Dale të ia japim një komisioni që t'i këndojë. Komisionet përbëhen nga njerëz që s'i dinë të gjitha shkronjat; librat e tu s'i ke për të parë më me sy. Në qoftë, fjala vjen mjek - siç është shkalla juaj, zoti doktor - nuk të njohin dipllomën. Puna pra, siç të thashë dhe më parë, qëndron kështu. S'dhe hiç, e ke punën të humbur; t'u japësh të gjithëve është e pamundur. Ilaçi është: t'u japësh cave. Cave, po cilëve? Këtu, zoti doktor, duhet të ju thom një gjë me rëndësi. Shqipëria në këto të dhjetë vjetët e fundit, shyqyr Zotit, ka mësuar shumë nga fqinjët, veçan nga Italia. Ç'ka Italia që vlen të merret? Makaronat dhe Kamorrën, hiçgjë tjetër. Për makaronat s'kemi nevojë, se kemi patatet tona: Kamorrën e kemi marrë dhe, shyqyr Perëndisë, e kemi përmisuar dhe rregulluar me një sistem më të mbaruar se italianët vetë. Tani, zoti doktor, çfarëdo punë, hall, nevojë që të kini, e vetmja mënyrë e shpejtme, e shigurtë, e lirë, që të bëhet dëshira juaj, është të jini nën mbrojtjen e Kamorrës së madhe, ku s'ka as vjedhje, as shpërdorime, po çdo gjë është e parashikuar dhe e rregulluar me një tarifë të ndershme. Në qoftë, zoti doktor, se ambicia juaj është të vrisni nonjë njeri, ose disa njerëz, do t'ju kushtojë gjashtëdhjetë napolona për krye.

Këtu dr. Gjilpëra ia preu fjalën policit duke e shiguruar se ambicja e tij nuk qe të vrarët.

Polici vazhdoi:

-Në qoftë se dëshira e lartër e shpirtit tuaj është të vidhni ose të digjni shtëpi, çmimi është...

Po dr. Gjilpëra ia preu fjalën:

-1 ndershëm zot, qëllimi im është vetëm të punoj si mjek që t'i shërbej këtij populli.

Faik Konica

-Në qoftë ashtu me të vërtetë, - tha polici, - kini nevojë vetëm për lehtësira, dhe tarifa për këto është e unjur: tridhjet napolona në mot.

-Mirë, - tha dr.Gjilpëra, - jam gati t'i jap; po kujt ku, dhe kur?

-Ajo është e lehtë, - tha polici.

-Do t'ju jap unë porositë e duhura. Kryetari i përgjithshëm i Kamorrës është ministri Salemboza; këshilltar i tij është i shkëlqyeri Abd-el-Katl. Ju pagesat do t'ia bëni Abd-el-Katlit. Po Abd-el-Katlin nuk mund ta shihni pa qenë i dorëzuar nga një axhent i Kamorrës. Do t'ju vë në marrëveshje me axhentin Nr.5 të seksionit 11, një i qojtur Ibn-el-Kelb. Tarifa e një axhenti për të paraqitur një kandidat të ri përpara këshilltarit Abd-el- Katl është pesë napolona. Kur të vini në Tiranë, të zbrisni në hotel që t'ju thom unë, dhe menjëherë të thërisni Ibn-el-Kelbin. Kur të vijë ky, t'i thoni të fala nga ana ime dhe të zini buzët tuaja me tre gishtërinj, Ibn-el-Kelbi do të vejë një gisht në majë të hundës. Ahere ju do të kruani veshin e djathtë me dorën e mëngjër. Ibn-el-Kelbi do t'ju pyesë sa rrota ka tromobili; të përgjigjeni që ka pesë rrota.

Ibn-el-Kelbi do të qeshë; dhe ju t'i thoni se kini një amanet nga mua dhe t'i nëmëroni të pesë napolonat. Ibn-el-Kelbi ahere do t'ju pyesë ç'hall kini dhe do të shkojë t'i japë raport Abd-el-Katlit. Të nesërmen do të vijë t'ju marrë në hotel dhe do t'ju shpjerë përpara këshilltarit. Këtij, pa humbur kohë, i shfaqni punën tuaj; pastaj t'i lëvdoni Salembozën. Dhe t'i thoni që jeni habitur me rregullën dhe përparimin e Shqipërisë, dhe veçan me zhdukjen e ryshfetit. Ahere Abd-el-Katli do t'ju thotë se jini i pranuar; dhe menjëherë të nxirni t'i nëmëroni 15 napolonat për këstin e parë. Radha e këstit të dytë do të vijë pas gjashtë muajsh. Abd-el-Katli, në i bëfshi përshtypje të mirë, mund t'ju thotë të piqeni dhe me kryetarin e madh të Kamorrës, Salembozën. Duhet të dini që Salemboza, si gjithë njerëzit e mëdhenj, ka ca dobësira të vogla; dhe njëra nga këto është se i pëlqen të mësojë ç'bëjnë princët e Evropës në jetën e përditshme që t'i marrë dhe ai për shembëll. Ashtu, zoti doktor, rregulloni pas nevojës.

Dr. Gjilpëra, i habitur nga këto gjëra aq të ra dhe të papritura, e falenderoi policin dhe nxori një biletë njëmijë liretash. Polici iu lut t'i japë bileta më të vogla, se një biletë aq e madhe do të

vihej re kur ta thyente, do t'i vinte në vesh ndonjë inspektori të jixdmorrës, dhe ashtu polici do të shtrëngohej të paguante hise të rëndë. Dr. Gjilpëra ia shkëmbeu biletën e madhe me dhjetë të vogla; dhe meqë afrohej ora e nisjes, duallën nga shtëpia, të kënaqur njëri nga tjetri, dhe shkuan te sheshi ku priste auto- mobili.

Udhës polici vazhdon së dhëni këshilla.

-Duhet të dini, zoti doktor, se Kamorra është e organizuar aq mirë, sa në gji të saj përmblidhet gjithë fuqia e Shqipërisë. Edhe sikur të bjerë kryetari i madh Salemboza me këshilltarët e tij Abd-el-Katli, prapë organizata ka për të qëndruar në këmbë, se edhe Opozita ka shumë antarë të saj që janë kamorrist. Mos kujtoni se Kamorra mund të japë leje të bëhet nonjë ndryshim me themel në Shqipëri, Meazallah! Kamorra është një forcë e gjallë, e vetëmja forcë e vendit tonë. Në rëntë Salemboza, mund të ndryshohen krerët e Kamorrës, po themelet e saj janë të patundshme. Ashtu të kini mendjen të mbani miqësi me Kamorrën; se në ju ndihtë sot, Kamorra do të jetë e zonjë t'ju përkrah dhe nesër.

Dhe ashtu, duke kuvenduar ëmbël e butë, polici me dr. Gjilpërën arrijnë në shesh ku priste automobili. Vendet ishin të gjitha të zëna; dhe dr. Gjilpëra u tremb se mos mbetej në Durrës. Po polici shtiri një sy të mprehtë mi udhëtarët e vendosur mi automobil, pastaj iu qas njërit atje dhe i tha:

-Ku e ke pasaportën, ti?

-Ja tek e kam, - bëri udhëtari i frikësuar.

Polici bëri sikur e shikoi me kujdes:

-Këtu, - tha, - ka ca pika që duan hetim. Duhet të vish menjëherë me mua në Zyrë të Policisë.

-Aman, pasham t'u bëfsha kurban, kam nevojë të nisem shpejt në Tiranë; sapo erdha nga Bari; jam fukara, dhe s'pres dot.

-S'dua shumë fjalë, - tha polici, - kanuni duhet të zbatohet me paanësi. Do të zbreç me të mirë, apo të bëj ndryshe?

Njeriu psherëtijti, dhe, pa thënë asnjë fjalë, mori plaçkat e tij dhe zbriti. Polici vuri dr. Gjilpërën te vendi i zbrazur, e përshëndoshi dhe u largua me njerinë e zënë. Automobili u nis ngadalë. Dr. Gjilpëra shikonte qytetin e varfër, me udhë të pafshira, me shtëpi të mbajtura ligsht, dhe udhëve njerëz të verdhë e të lodhur, dhe pastaj kthente sytë mi bashkudhëtarët e tij në automobil: edhe këta të lodhur e të verdhë; edhe me mendje të tij ringjallte në këto vise një popull shqiptarë të shëndoshë, të shkafët, buzëqeshur. Dhe ëndërrat e tij i përcillte ritmi i rëndë i automobilit, posi një djep vigani. Automobili shkonte nëpër brigjet e nëpër luadhe të iulëzuara, me emra krejt shqip, si Rashbulli (Eshter-bulli). Rrethi, e të tjera. Afër Shijakut e çuditi një pyll i vogël plot me zogj, plot me një popull zogjsh, këngët e të cilëve bashkohen dhe trazohen aq bukur dhe aq ëmbël, sa duket si një simfoni e krijuar prej nonjë muzikanti të natyrës, që rron me shelgjet dhe bën shoqëri me shpeshët. Shumë kohë pasi u largua automobili nga ky pyll, i hutuar, muzika po këndonte edhe në zemër të dr. Gjilpërës. Ëndërrën e tij e preu të qëndruarit e automobilit në një han. Doktori zbriti me të tjerët për të pirë një ujë të ftohtë. Udhëtimi në automobilin e rëndë vazhdoi: dhe një tok plepash të gjatë shënuan ardhjen në Tiranë, në qytet të kopshteve, ku çdo shtëpi është si

e veshur në mes të pemve e të luleve, në qy
tet të përmbledhur e të qetë, i cili s'duket
para se të shkelsh në prag të tij.

Dr. Gjilpëra shkoi në "hotel" që i kishin
porositur; zuri një odë, hapi tubin e tij prej
llastiku dhe me një sfungjer fshiu tërë
trupin me ujë të ftohtë e të trazuar me pak
alkol; u ndërrua; spërkati shtratin me një toz
morrvrarës, hapi penxheren që të hyjë era e
freskët; pastaj kyçi odën dhe zbriti për të
kërkuar Axhentin Nr.5 të Seksionit 11 të
Kamorrës, Ibn-el-Kelbin. E gjeti, shkëmbeu
shenjat, dha të 5 napolonat; mori pjekje për
të nesërmen për të shkuar te këshilltari i
Kamorrës Abd-el-Katlio. Dhe meqë ish vonë
dhe e ndiente veten të lodhur, u kthye në
odën e tij për të ngrënë e për të fjetur.
Problemi i ngrënies është një nga më të
rëndët për njerinë që vjen në Shqipëri nga
jashtë, ku ka qenë mësuar me tjetër lloj
gjellësh; në qoftë se ai njeri ka kuptim për
rregullat e shëndetit në lidhje me të ngrënët,
problemi bëhet një mundim i mendjes. Dr.
Gjilpëra kish porositur pemë, sallata të
ndryshme dhe bukë. Kish prurë një llambë
me alkool për të bërë çaj. Dhe si hëngri e u
kënaq, ra të flerë për të parën herë në këtë
Shqipëri të re, e cila ndryshonte aq pak nga

Shqipëria e vjetër. Shkoi nër mend të ngjarat e ditës, me pikat e ngrysura dhe pikat qesharake; dhe i vinte çudi si e solli rasti që ai, njeri armik i korrupq'es dhe i shoqërive të fshehta, të japë ryshfet dhe të bëhet i mbrojturi i Kamorrës, dhe për ç'arsye të japë ryshfet? Për të siguruar lirinë të punojë për stërvitjen e popullit! Pak nga pak e zuri gjumi, dhe të nesërmen u ngrit me një trup të çlodhur e të forcuar.

Abd-el-Katli e priti me oborrësi. Ky barbar fjalët i kish të pakta, dhe të matura. Hollësia e tij për të gërmuar lajme, duke pyetur tërthori, e habiti dr. Gjilpërën. Pasi u mbaruan formalitetet dhe pagesa, Abd-el-Katli tha se, Salemboza kish nevojë për një këqyrje mjekësore; ndonëse jo i sëmurë Salemboza dëshironte të dalë nga meraku. Dr. Gjilpëra u përgjigj se ish gati çdo ditë t'i bënte vizitë Salembozës; ashtu Abd-el-Katli caktoi pasdreken e nesërme, ahe u ndanë. Dr. Gjilpëra i ardhur në Shqipëri si hapës udhash të ra, si pionier fisnik, si apostull i shëndetit dhe pastërtisë, u bë që ditën e dytë viktima dhe gjer më një pikë simahori i Kamorrës. Aq e vërtetë është fjala se njerinë shumë herë e tërheqin rastet dhe e ngatërrojnë në intriga, për të cilat karakteri i tij mund të ketë urrejtjen më të madhe.

Kafenetë e Shqipërisë janë vende të fëlliqura e të mërzitura; dhe asnjeri me mendje të hollë s'mund të kërkojë atje dëfrim në mes të tymeve, të pështymave dhe zhurmës. Po nga ana tjetër, për vëzhgonjësin e mënyrave, për nxënësin e shpirtit të popullit, kafenetë janë shkolla të vërteta plot me lëndë të vyer dhe me mësime. Dr. Gjilpëra vendosi të shkojë çdo ditë nja dy orë nëpër kafenetë për të studiuar. Kur u shtrua dy orë herën e parë në Kafenetë e Erzenit dhe porositi një të pirë, të cilën natyrisht nuk e ngau, dhe hodhi një sy mi turmën e palarë dhe të parojtur, - kumarxhinj të ngrysur, spiunë syçakaj, politikanë që bisedonin, jo vetëm me gojë po dhe me duar e supe - kuptoi se ndodhej në një botë të re, një botë fare të ndryshme nga ajo që kish njohur gjer ahere. Një zhurmë e mbytur, e për- gjithshme, si e nonjë pazari të ngjeshur me njerëz, mbushte erën. Ngandonjëherë zëri i mprehtë i shërbërtorëve që bërtisjin, porositë porsa i mirjin, nga frika se mos i harrojin gjersa të vejin në tezgë, dilte përmi zhurmën e mbytur, posi zëri i thatë i mitralozit përmi bataret e ushtarëve të këmbës. Ose ndonjë fjalë politikani të zemëruar "Ajo s'bëhet kurrë!"

-Kjo duhet ndaluar! - shkreptinte posi një urdhër gjenerali.

Nganonjëherë një kumarxhi i ngrysur hidhte zarin me një

forcë dhe me një rëndësi aq të madhe, sa dukej sikur fati i botës dhe i njerëzisë varej nga ai zar, dhe vëzhgonjësit me letra i vente mendja padashur te Rubikoni dhe te Jul Qesari. Dr. Gjilpëra shikonte këtë pikturë të rrallë, - kur i doli përpara një njeri i verdhë, i lodhur, me faqe si të enjtura dhe tri a katër ditësh të parojtura dhe me një palë sy prej maçoku të egër, që ndritjin nën vetullat e zeza dhe të dendura. Një mustaqe e pakrehur, dhe një ballë e rrudhur e mbuluar me një qeleshe të zezë, i jipnin ngjyrën e fundit kësaj fytyre qesharake e të frikshme. Njeriu qeshi me një qeshje të forcuar, duke shfaqur nofullat të verdha me njolla të gjelbra.

-Efendëm, - tha, - unë jam dr. Emrullahu, nxënës i dr. Habibullah pashait. Dëgjoj se edhe zotëria juaj jeni mjek.

-Emri im është dr. Gjilpëra dhe jam nga Universiteti i Upsalasë. Gëzohem që ju njoha.

Dhe dr. Gjilpëra u ngrit e i zgjati dorën, të cilën dr. Emrullahu e zuri me një dorë të ftohtë, të dërsirë, pa forcë. U ulnë.

-Efendëm, - zuri dr. Emrullahu, - siç ju thashë dhe më parë, jam nxënës i dr. Habibullah pashait! - shtoi dr. Emrullahu,

duke rënduar zërin me fjalën "Meshur" dhe duke shikuar dr. Gjilpërën me kryelartësi mu në fund të syve.

-Nuk e kam dëgjuar emrin e tij kurrë, - tha dr. Gjilpëra.

-Si? Kurrë? - pyeti dr. Emrullahu i habitur.

-Kurrë! - ktheu dr. Gjilpëra.

-Ha-ha-ha! Ne axhaip! - qeshi dr. Emrullahu; dhe duke i folur një grupi kumarxhinjsh, "Arkadashllar", - tha, - "buna bakiniz dr. Habibullah pashanen ismini bile ishtimemish", - dhe qeshi përsëri.

Kumarxhinjtë shikuan pa folur dhe u kthyen te puna e tyre.

-Dr. Habibullah pashai, - vazhdoi dr. Emrullahu së foluri dr. Gjilpërës, - është i madh, është shumë i madh, aq i madh, sa edhe Evropa, hasusile Allamanja, pyet shumë herë me- ndimin e tij. Po zotërote s'i paske dëgjuar as emrin. Tuhaf. Sido që në qoftë, dua të di se ku ndodhet ai vend tek i cili kini mësuar: Up, Up, si thatë?

-Upsala, - bëri dr. Gjilpëra, - Upsala. Dhe meqë për ju ky emër është aq i panjohur saqë për mua emri i pashait, të dy mosdijat tona balancohen dhe jemi të larë.

-Afedersiniz, - tha dr. Emrullahu me një farë zemërimi, - puna ndryshon tjatër gjë është të mos kesh dëgjuar se ku ndodhet një qytet e ehmijetsez si Upsala.

-E di unë se ku ndodhet, bëri një zë i hollë.

Të dy mjekët u kthyen dhe panë një njeri të thatë, të rrojtur, me mustaqe të lyera me pomadë, dhe me sy prej delie, një kapello të fishkur mi krye.

-Upsala, - tha i ardhuri, - është një qytet i Norvegjisë, e kanë themeluar elinët në kohët e vjetra, siç e shfaq dhe emri i tij që ka kuptimin i lartëri.

-Zotëria e tij është një koleg, miku im dr. Protagoras Dhalla.

Dhe me këto fjalë dr. Emrullahu u ngrit dhe i paraqiti dr.

Gjilpërës të ardhurin. Si u përshëndoshnë, u ulnë që të tre.

-Dua t'ju komplimentoj për dijen tuaj mi gjeografinë e mi etimologjinë, - tha dr. Gjilpëra.

-Ju faleminderit, - ktheu dr. Protagoras Dhalla, - e di që jam i fortë, se jam teliofitos tu Panepistimu ton Athinon.

-Gëzohem fort, - tha dr. Gjilpëra, - dhe s'dua prova të tjera të diturisë suaj.

Të tre mjekët nisën të fjalosen për gjepura, për kohën e bukur, për ujërat e ftohta, për udhëtimet, për qejfet; po flisjin me shkel e shko, se cilido e kish mendjen te tjatri. Dr. Protagoras Dhalla mejtonte; "Vallë, do të më prishë punë ky o-atimos që doli si fandi spathi në Tiranë?"

Dr. Emrullahu thosh me vete; "Ky edepsiz, që ka ardhur nga Evropa, vallë do të më marrë ndonjë myshteri, mua nxënësit të dr. Habibullah pashait?"

Faik Konica

Dhe dr. Gjilpëra pyeste vetveten: "Këta të dy doktorë, që duken sheshit, se nuk e mbajnë trupin e tyre të paqmë, vallë a i kanë shpënë mësimet e tyre mjekësore aq thellë, sa të kenë kuptuar rëndësinë e lëkurës së paqme për shëndetin?"

Përgjojin njëri-tjetrin me bisht të syrit, dhe vazhdojin së foluri për gjepura. Po, padashur, bisedimi mori një udhë tjatër.

-Kini shumë të sëmurë në këtë qytet? - pyeti dr. Gjilpëra.

-Ka mjaft, po shyqyr Perëndisë, i shërojmë, - tha dr. Emrullahu.

-I shëroni? - pyeti përsëri dr. Gjilpëra, me një çudi .në zë dhe në sy të tij.

-Vevea i shërojmë, - u përgjigj dr. Protagoras Dhalla.

Bisedimi vazhdoi në këtë mënyrë:

Dr. Gjilpëra: - Me ilaçe i shëroni ata të sëmurët?

Dr. Emrullahu: - Tabi me ilaç.

Dr. Protagoras Dhalla: - Me ilaçe, fisika.

Gjilp.: - Ahere jepmëni leje të ju uroj se qenkeni magjistarë, dhe ditkeni magji shpëtimtare.

Emr.: - Af edersiniz, jemi doktorë.

Prot. Dh.: - Mos na shani, qiri e jatre.

Gjilp.: - Unë të ju shaj? Përkundër, ju përgëzoj, dhe thom se bota duhet të jetë mirënjohëse, në qoftë se me të vërtetë paskeni shëruar njeri me ilaçe; shtoj vetëm që ato ilaçe duhet të jenë -xaçe magjie.

Prot. Dh.: - Ahere s'na besoni?

Gjilp.: - Jo, nuk ju besoj, më falni që flas hapur.

(Dr. Emrullahu dhe dr. Protagoras Dhalla qeshin.)

Emr.: - Dhe pse s'na besoni, rixha ederëm?

Gjilp.: - Se s'kam parë kurrë njeri të sëmurë, me të vërtetë të sëmurë të shërohet me ilaçe, me të vërtetë me ilaçe.

Prot. Dh,: - Në qoftë se s'kini shëruar ose s'kini parë të shërohet njeri, ajo provon diturinë tuaj. Unë, omos, unë, teliofi os, tu panepistimiu ton Athinon, kam shëruar mijëra njerëz.

Emr.: - Si dhe unë, nxënësi i dr. Habibullah pashait.

Gjilp.: - Mund të më dëftoni një njeri që kini shëruar?

Emr.: - Jo, një, po mijëra.

Gjilp.: S'dua mijëra, dua vetëm një.

Prot. Dh.: - (Efharistos) Është këtu në Tiranë një njeri që kish ethe gjashtë muaj më parë; i kam dhënë kininë me rregull, dhe tani s'ka më ethe.

Emr.: - Mund të mohoni se kinina është specifiku i etheve?

Gjilp.: - Jini sigur se njeriu u shërua me të vërtetë? Besoni se ethet janë një sëmundje e veçantë, apo shenja e një sëmundjeje tjatër. Kinina e shëroi, vallë, të sëmurin tuaj, apo zhduku vetëm shenjat e sëmundjes dhe sëmundja vazhdon tinëz së shkatërruari trupin e tij? Pastaj, jini sigur se kinina nuk e la sakat njeriun?

Prot. Dh.: - Sakat? Ç'doni të thoni?

Gjilp.: - Dua të them këtë, që kinina, e marrë dendur shumë kohë dhe e bërë zakon dobëton zemrën. Sa njerëz kam shikuar që janë dhënë pas kininës, të gj'thë i kam gjetur me zemrën pak a shumë sakate, përveç kësaj, shumëve u dobëtohet dhe të dëgjuarit, ngandonjëherë dhe sytë.

Emr.: - Dr. Habibullah pashai s'më ka thënë kurrë nonjë gjë të tillë.

Gjilp.: - Në mos jua tha, duhet ta zbulojin vetë.

Prot. Dh.: - Periergon. Zotërote mohon fuqinë e specifikut më të njohur.

Gjilp. - Aspak. Jo vetëm nuk e mohoj fuqinë e kininës, po thom se ka aq fuqi, sa prish të qëlluarit e rregullshëm të zemrës, prish hollësitë e veshit, dhe shpesh vë në rrezik sytë.

(Dhe këtu dr. Gjilpëra mbuloi kryet me kapellon që e mbante në dorë, dhe u ngrit më këmbë.)

Prot. Dh. dhe Emr.: - U zemëruat?

Gjilp.: - Aspak. U ngrita që të shkojmë të shohim bashkë të shëruarin tuaj. Urdhëroni!

Emr.: - Pse, myfetish na u bëre zotrote?

Prot. Dh. - Na prosval, zoti doktor.

Gjilp.: - Ju lutem, mos e mirrni për shtrembër. Unë dua të nxë, s'dua të ju shaj ose t'ju prish punë. Dua të mësoj për veten time. Në qoftë se njeriu që thoni, ka qenë me të vërtetë i sëmurë, në qoftë se u shërua me të vërtetë, dhe në qoftë se shërimi i tij u mbarua me kininën që i dhatë dhe jo nga arsyet e tjera, ahere ngjet nga tri gjëra një: ose kini njësoj kinine të çuditshme të panjohur gjetkë, ose trupi i njerëzve këtu ndryshon nga trupi i njerëzve të tjerë, ose më në fund, dini ndonjë magji misterioze dhe i përmbysni rregullat e natyrës. Po kam shumë frikë se të shëruarin tuaj do ta gjej edhe të sëmurë nga sëmundja që ka pasur, ndonëse ethet - shenja e sëmundjes tij - është zhdukur; dhe kam frikë se do t'ia gjej zemrën batall, përveç veshit dhe syrit që mund të jenë kushedi se në ç'hall.

(Dr. Protagoras Dhalla shikoi dr. Emrullahun me një çudi pyetëse.)

Prot. Dh.: - Rini, adhelfë, kemi kohë për ato që thoni. Nuk është nevojë të prishim muhabetin për gjepura.

Gjilp.: - (Duke u ulur) Gjepura? S'janë gjepura, por janë gjëra me shumë rëndësi.

Nuk erdha këtu për gjepura nga çipi tjetër i Evropës.

Emr.: - Zoti doktor, bëni himnet dhe thonani, ç'do bëni ju

vetë, sikur t'ju shpien përpara një të sëmuri me ethe të forta?

(Dhe këtu dr. Emrullahu i luan syrin doktor Protagoras Dhalla.)

Gjilp.: - Tju thom. Do ta shikoja me kujdes me të gjithë mënyrat të njohura nga dituria: do t'i merrja gradën e nxeh- tësisë së trupit, pulsin, të qëlluarit e zemrës; do të vështroja gjuhën, grykën, sytë: do të tretja gjakun, pështymën, të pëgërët dhe ujët e tij; do të matja presionin e gjakut, do ta pyesja në ka të dhëmbura gjëkundi, ç'ka ngrënë, ç'ka zakon të hajë, që kur e ndjeu veten të sëmurë. Dhe me këto elemente në dorë, do të bëja një diagnozë të hëpërhëshme. Më vonë, po të qe nevoja, do të mirrja një fotografi Roentgen të organeve të brendshme të tij.

Prot. Dh.: - Pse, kini makinat e duhura për të marrë fotografi Roentgen, dhe dini t'i përdorni vetë?

Gjilp.: - Pa fjalë. Ajo është një gjë elementare në ditët tona... në qoftë se në qytetet e mëdha e të zhvilluara, mjekët nuk i aplikojnë vetë Rezet X, po ua lënë specialistëve atë pimë, nuk është se puna është e zorshme, po se është mirë të jetë e ndarë për arsye lehtësire. Në një vend si Shqipëria, duhet ta bëjmë vetë. Nuk është gjë aq e zorshme. Po të dëshironi, mund t'ju jap ca mësime.

Prot. Dh. edhe Emr.: - Kujt të më japësh mua mësime? Ha- ha-ha-ha-ha!

Emr.: - Na ndjeni që qeshmë. Kur ta zbuloni sëmundjen e të sëmurit në qoftë se vdes i sëmuri gjersa të mbaroni zbulimin tuaj, ç'do të bëni?

Gjilp.: - Në qoftë se vdes, udhë e mbarë. Është faji i tij, se duhet të më kish thirrur para se të arrijë në prag të vdekjes. Po t'ju thom se ç'do t'i bëj të sëmunt.

Dr. Protagoras Dhalla dhe dr. Emrullahu.: - Pa na thoni, pra, si të kuptoni sëmundjen e njeriut me ethe, ç'do të bëni?

Dr. Gjilpëra: - Mund t'i jap ca ilaçe të pakta, në qoftë nevojë, për të lehtësuar mundimet e tij. Dëgjon? Për të lehtësuar mundimet, jo për të shëruar; se, për sa më përket mua, unë s'di nonjë ilaç që shëron. Si të marrë pak veten i sëmuri, do t'i jap të kuptojë se e vetmja shpresë për të që të shërohet, është të forcojë trupin e tij, se trupi i fortë e mund sëmundjen. Po trupi nuk forcohet me hape, forcohet me një rrojtje më të mirë, me erë më të paqme, me diell, me çlodhje, me të ngrënë të arsyeshme.

Emr.: - Dhe kujtoni se nuk ua thomi ato këshilla të së- murëve?

Gjilp.: - Besoj se nuk ua thoni, ose në ua thoni me të tillë mënyrë, që i sëmuri të besojë që kryepuna është në hapet, në ilaçet. Pastaj, jam i bindur se nuk i shpjegoni të sëmurit natyrën e sëmundjes së tij.

Prot. Dh.: - Ahere qenkeni i mendjes që mjeku duhet të jetë dhe mësonjës, duhet çdo të sëmuri t'i japë dhe mësime mjekësie?

Gjilp.: - Po. Jam i mendjes që populli, përgjithësisht, duhet stërvitur në parimet themeltare të shëndetit, po pa përdorur fjalë teknike dhe pa hyrë në hollësira të panevojshme; dhe i sëmuri duhet stërvitur të kuptojë natyrën dhe zhvillimin e sëmundjes së veçantë të tij. Në qoftë se i sëmuri nuk kupton mirë se ç'është dhe si mund të rritet ose të pakësohet e të zhduket sëmundja e tij, si do t'bashkëpunojë me mjekun? Dhe e vetëma udhë e shërimit është bashkëpunimi i të sëmurit me mjekun.

Emr.: - Po a e vazhdojnë gjëkundi këtë sistem?

Gjilp.: - Në gjithë vendet e përparuara. Shikoni buxhetet e shteteve moderne, me të vërtetë moderne, dhe do të gjeni në listën e harxheve diturinë e rregullave të shëndetit, në të tjera fjalë parimet e përgjithshme të mjekësisë preventive. T'ju jap tani një shembëll të veçantë për një të sëmurë. Pak vjet më parë një i njohuri im, një shqipëtar, konsultoi një profesor të Universitetit Vjenës për një parregullsi në të qëlluar të zemrës; më vonë pati rastin të shikohet te një profesor i Universitetit Upsala; dhe ca më vonë pyeti një profesor të Universitetit Harvard. Që të tre profesorët i dhanë këshilla dietetike, i thanë se ç'të hajë e ç'të mos hajë, ç'të bëjë dhe si të rrojë. Natyrisht nuk i dhanë ilaçe, jo më pak se katër ilaçe. Njeriu qeshi me mendjen e tij dhe porsa doli jashtë e grisi recetën.

Emr.: - Haj, haj doktori bëri vazifen e tij, profesorët s'kishin nge, dhe e përcollnë njerinë me ca këshilla. Dr. Habibullah pashai jipte kurdoherë ilaçe.

Prot. Dh.: - Dini shumë bukur se ati i mjekësisë është o Hipokratis, elini i ç'këlqyer dhe unë jam teliofitos tu panepistiniu ton Athinon. Të mos ishin mirë tafarmaka, s'do na i kishin thënë kathijtinjtë?

Gjilp.: - Tani qëllimi im është ky: unë do t'mundohem të ndërroj mënyrën e rrojtjes të ngrënies të këtij populli; do t'i mësoj këtij populli fuqinë shëronjëse të diellit, të erës së pastër, të ujit, të kulturës fizike të gjellëve naturale dhe të paqme. Ashtu jam i bindur se do të shtie themelet e një race të shëndoshë, të bukur e të lumtur. Nga ana tjetër, do të orvatem të bind dhe guvernën, pa ndryshim partie të pëlqejë një plan të përgjithshëm për të lëftuar mushkonjat dhe morrat, për të tharë kënetat dhe për të çmorritur turmën, për të rregulluar llogarinë, për të dërguar djemurinë të verojë grupe-grupe me çadëra në malet, për të bërë ushtrinë një shkollë praktike të shëndetit, dhe për të marrë shumë masa të tjera. Është një ambicje e madhe dhe e rëndë. Më gënjen mendja se do të jem i zoti ta vërtetoj, në gjetsha përkrahje nga populli dhe nga guverna. Koha e magjisë dhe e hapeve u mbarua; nisi koha e kuptimit dhe e natyrës. Në ju pëlqen, mund të bashkoheni me mua. Në daçi, vazhdoni së dhëni hape.

Të dy mjekët e pritnë fjalën e dr. Gjilpërës me të qeshur. Dhe mateshin t'i përgjigjen, kur u afrua Ibn-el-Kelbi dhe i tha dr, Gjilpërës se po e priste ministri Salemboza. Ashtu ky u ngrit, përshëndoshi të dy mjekët dhe u largua me Ibn-el-Kelbin.

Salemboza e priti dr. Gjilpërën me fisnikëri, me një buzë- qeshje të pëlqyer si prej djali zemërbardhë që s'ka të ligë në

zemër, po dhe me një kryelartësi të matur që desh të thotë: E di se jam i madh, shumë i madh, po madhësia ime nuk është një pengim për marrëdhëniet me njerëzit. Si shkëmbyen ca fjalë të ëmbla, ca pyetje dhe ca përgjigje, dr. Gjilpëra i tha në dëshironte një të këqyrur mjekësie.

-Këtë radhë, - tha doktori, - kam ardhur në Shqipëri vetëm për të shikuar vendin, dhe s'kam prurë veglat e duhura të mjekut. Me gjithë këtë, është mirë t'ju shikoj, me aq sa mundem që të marrim pa humbur kohë, gjithë rrobat nga trupi, që t'ju këqyr si duhet.

-Si është nevoja të zhvishem krejt? - pyeti Salemboza.

-Krejt, - tha dr. Gjilpëra. - Po, në daçi, mund ta lëmë për njëherë tjetër.

Dhe tek po kuvendonjin, mjekut i ranë në mend porositë e policit në Durrës dhe fjala mi dobësitë e vogla të Salembozës.

-Kur isha nxënës në Upsala, - tha dr. Gjilpëra, - vizitoj një ditë Universitetin tonë Princi Gustav Adolf i Suedisë.

Salemboza hapi sytë dhe afroi fronin që të dëgjojë mirë.

-Princi foli me ne studentët si shok. Qe njeri i buzëqeshur dhe i dashur. Një nga zakonet e tij ish që, nganonjëherë, kur mejtohej, bënte sikur kruante ballët me gishtin dëftonjës të dorës së mëngjër.

Këtu Salemboza ngriti menjëherë gishtin dëftonjës të dorës së mëngjër dhe bëri sikur kruante ballët.

-Princi, - vazhdoi dr. Gjilpëra, - deshi të këqyrte dhe prej profesorit Kolmquist një nga dritat e Universitetit Upsala, i cili më kish mua për ndihmës. Princi bashkë me një shërbëtor, kish vajtur pëj gjah në Suedi të Veriut, dhe që të dy e ndienin veten e tyre të sëmurë. Profesori u tha të zhvishen. Shërbëtorit i vinte turp dhe s'deshte. Po princi, papritur t'ia thonë dy herë u zhvesh shpejt, dhe profesori mundi ta këqyrte siç duhej.

Me të dëgjuar këto fjalë, Salemboza u hodh në këmbë duke kruar ballët me gishtin dëftonjës të mëngjër dhe nisi të zhvishet me nxitim dhe pa droje: pallto, pantallona, këpucë, këmishë, brekë, çorape, të gjitha u flaknë më të mëngjër e më të djathtë, dhe njeriu i madh u bë si gjithë njerëzit e tjerë, që nga mbreti gjer te bujku, të gjithë bij të një natyre, të gjithë një, pa ndryshim shkalle dhe ambicjeje.

Si u mbarua të shikuarit, Salemboza u vesh dhe u ul duke kruar ballët me gishtin dëftonjës të mëngjër dhe duke pritur ç'do thotë mjeku. Dr. Gjilpëra nisi shpjegimet pa përdorur asnjë fjalë teknike.

-Zoti ministër, shoh se në shumë gjëra shëmbëlleni me Princin Gustav Adolf, dhe prandaj besoj se do t'ju pëlqejë të kuptoni mirë punën e shëndetit tuaj, siç i pëlqente dhe Princit të Suedisë të marrë veshë me themel për shëndetin e tij.

Salemboza ngriti kokën me kryelartësi, krojti përsëri ballët me gishtin dëftonjës të mëngjër dhe afroi cazë fronin. Dr. Gjilpëra vazhdoi kështu:

-Zoti ministër, siç dini shumë mirë, eshtrat ose kockat duhet të jenë të forta dhe shumica e njerëzve ashtu i kanë. Po janë ca njerëz që eshtrat i kanë të buta. Që të mirrni një de, zini me dorë hundën dhe tundeni pakëz; do shihni se hunda ka njëfarë kocke që s'është tamam kockë, se kocka e vërtetë nuk epet, dhe po të vësh fuqi që ta epësh, do ta thyesh. Ashtu është edhe veshi. Çdo njeri hundën dhe veshin i ka si veshin dhe hundën tuaj. Po ju, edhe kockat e trupit, ndonëse të fituara, i kini të buta, prandaj këmbët i kini të kërrusura, se kockat e këmbëve s'kanë pasur forcën të mbajnë rëndesën e trupit tuaj dhe janë epur. Kjo është sëmundja e cila ka për shkak një ushqim të paarsyeshëm. Në të tjera fjalë, nuk mund të kini ngrënë ca gjëra të duhura për forcimin e kockave. Ndonëse jini tani tepër i shkuar nga vërsa për një shërbim të plotë, me gjithë këtë, do të bëjit mirë sikur t'i jipjit trupit një banjë dielli çdo ditë. Banjën e diellit mund ta merrni kështu; përpara drekës. Zhvishuni si për të hyrë në banjë dhe shtrihuni në diell nonjë çerek sahati, duke e kthyer trupin nga të gjitha anët, në mos e bëni sot në kopsht, mund ta bëni në një odë po me penxheret të hapura,

se rrezet e diellit duhet ta qëllojnë trupin dreq për dreq dhe jo duke shkuar nëpër xhamat; se duhet të dini që në rrezet e diellit ka disa elemente ose pjesë të thomi, dhe pjesa më e duhur për shërimin nuk shkon për qelq. Ashtu që dielli që hyn nëpër odë nëpër qelqet e penxhereve, s'ka nonjë fitim fare. Duhet pastaj të ndryshoni pakëz të ngrënët. Gjërat që hamë kanë disa elementë ushqenjëse të ndryshme. Po të desha t'jua shpjegoj, do t'ju thosha se ç'janë vitaminat, se këto janë sojesh, dhe se vitamina A është ajo që u ka munguar kockave tuaja. Po meqë Princ Gustav Adolfit i pëlqejnë shpjegimet e lehta po pa fjalë teknike, ashtu dhe ju, zoti ministër, që i ngjisni aq shumë Princit, s'do të doni hollësira.

Këtu Salemboza u kapardis, gërvishi ballët me gishtin dëftonjës të mëngjër dhe tha:

-Po, doktor, edhe unë jam i mendjes që duhen shpjegime të lehta, po pa hollësira shumë.

-Ahere dëgjoni, - tha doktor Gjilpëra, - ca zarzavate si lakrat, marulet, domatet, kur janë taze dhe të papjekura, kanë njëfarë fuqie të fshehtë që është e mirë për kockat. Drekën ose darkën, do t'ish mirë sikur ta bëjit vetëm me këto zarzavate; po të papjekura dhe taze, dëgjoni? Në të tjera fjalë, për drekë ose darkë mos hani tjatër gjë, veçse një sallatë të madhe të bërë nga ato të tri zarzavate që emërova. Kjo gjë mund t'ju shërojë dhe nga një tjatër sëmundje që kini.

-Cila është ajo sëmundje tjatër? - pyeti Salemboza.

-Ajo sëmundje, zoti ministër, është shumë e shëmtuar. Më vjen keq që jua thom, po ju qelbet fryma.

Salemboza shikoi me çudi.

-Axhaip! -tha, - këtë gja s'ma kish thënë njeri.

-Atë gjë mund t'ia thonë njeriut vetëm dy persona: nëna edhe mjeku; të tjerët s'mund ta kenë atë guxim. Ekselencës suaj i qelbet fryma aq fort, sa e ndjeva porsa hyra në odë. Shikova dhëmbët tuaj, nuk keni asnjë të prishur; në gurmaz s'ju gjeta nonjë plagë: ahere s'ka dyshim se era e keqe vjen nga përbrenda. A dilni jashtë me rregull?

-Ngandonjëherë rri katër ditë pa dalë, - tha Salemboza me njëfarë kryelartësie.

-Katër ditë! Gjë e frikshme. Dhe ç'hani, zoti ministër?

-Unë ha vetëm mish doktor.

-Ahere, zoti ministër, kapsllëku dhe fryma juaj provojnë se ato që hani nuk i tret dot stomaku, ju mbeten në stomak ku kalben, dhe ashtu ju qelbin frymën, përveç dëmit që i bëjnë gjakut. Është lehtë për të kuptuar, dhe kuptoni shumë mirë se, kur qenka ashtu puna, duhet të ndryshoni të ngrënët tuaj. Unë ju këshilloj, pra, këtë rregull: Në mëngjes, të hani ca pemë të arrira mirë, si portokalle, mollë, dardha, fiq, pjeshkë, rrush, pjepër, po jo ftonj ose shegë ose thanë. Për drekë hani pulë ose mish taze të pjekur në skarë, dhe bukë gruri me gjithë krundet, jo bukë të bardhë; për darkë, të hani vetëm një sallatë të madhe me ato zarzavate që ju thashë, hani sa të nginjeni, po pa bukë. Kjo rregull dhe një banjë dielli çdo ditë, janë këshillat e mia: vazhdoni ca muaj, dhe pastaj do të shohim.

-Kam besim te ju, doktor, veçan se jeni pjekur me Princin e Suedisë. Dr. Emrullahu që më shikonte më parë, s'më dha asnjë nga këto që më thoni, as më porositi ndonjë ndryshim në të rrojtur e në të ngrënë, po më dha vetëm një ilaç. Këtë këtu.

Dhe Salemboza nxori një kuti. Dr. Gjilpëra e mori dhe e shikoi, si thonë inglisht, një "specilite" - thonë frengjtë, domethënë një ilaç i hazërtë, i dalë prej fabrike, edhe kish hekurin për bazë.

-Nuk arrijnë hallet që ka stomaku juaj, po duhet t'i ngarkohet dhe një punë tjetër: të treturit e këtij ilaçi qesharak! Në doni të më kini mua për mjek këtej e tutje, mos e veni më në gojë këtë helm të fëlliqur, - tha dr. Gjilpëra.

Salemboza i ra ziles dhe hyri një bazhibozuk.

-Hidhe këtë kuti në qenef! - urdhëroi ministri.

Faik Konica

Bashibozuku e mori, bëri temena dhe doli.

-Ju lumtë, zoti ministër! Kam shpresë t'ju shëroj, se shoh që

kuptoni dhe vazhdoni këshillat, - briti dr. Gjilpëra.

-Dua të ju pyes një gjë, - tha Salemboza, - princave a u bie erë keq fryma?

Dr. Gjilpëra u çudit me këtë pyetje të papritur; po mblodhi shpejt veten, dhe, menjëherë:

-Princat, zoti ministër, kanë një natyrë të ndryshme nga njerëzit e tjerë. Mëlçitë, zorrët, gjaku i tyre është tjetër soj fare.

Salemboza hoqi një pshehrëtimë dhe tek po pshërëtinte, vuri re në xhep të jeleut të doktorit një pendë-kallamar - një "fountainpen" të Amerikës dhe pyeti ç'është. Mjeku e nxori dhe i dha shpjegimet. Salemboza briti me një gëzim prej çilimiu të egër, e provoi pendë-kallamarin, dhe kur pa se shkruante pa marrë ngjyrë nga jashtë, iu lut doktorit të ia falë.

-Është juaja, me gjithë zemër, - iu përgjigj doktori.

-Tani, - shtoi, - besoj se është koha t'ju lë, zoti ministër, se ju vonova shumë.

Edhe nxori sahatin e shikoi orën. Dhe tek po e shikonte, Salemboza ia mori nga dora.

-Sahat shumë i bukur, doktor.

-Vërtet i mirë, është një kronometër që kurdiset një herë në javë; dhe s'lajthitet kurrë.

-A ma shisni mua?

-Nuk e shes, po do t'jua fal kur të nisem për Suedi, se mund të blej një tjatër atje. .

-Kuzum doktor, nuk mund të ma falni tani? Kam sevda për këtë sahat.

Dr, Gjilpëra ia dhuroi me gjithë qosekun. Salemboza shtrë- ngoi dorën me një dorë të njomë, dhe e përcolli Dr. Gjilpërën gjer në derë, duke kruar ballët me gishtin dëftonjës të dorës së mëngjër. Kur zbriti në oborr, dhe para se të largohet, doktori hodhi një sy përpjetë: ministri qëndronte në penxhere duke kruar ballët me gishtin e mëngjër dhe duke shikuar sahatin në dorë të djathtë.

Faik Konica

III

Çdo ditë i sillte dr. Gjilpërës pëlqime dhe
zbavitje të ra: Njerëzit, mënyrat e tyre,
zakonet dhe mendimet, trzyrë e çuditshme
e jetës së shpellave dhe e kohës së mesme,
me ca gjurmë gjysmë të shuara të mbetura
nga vjetësia klasike dhe me një spërkatje të
rrallë të qytetërisë së sotme, - të gjitha këto e
tërhiqjin mendjen e savantit tonë dhe e
interesojin pa masë. I pëlqente veçan pazari,
kur fshatarët nga fusha e Tiranës dhe nga
malet më të largme, burra dhe gra, djem
dhe vajza, vijin për të shitur plaçkat e tyre,
vezë, pula, pemurima, pëlhura prej
mëndafshi dhe prej pambuku, të punuara
në vegla shtëpiake, dhe stofa të bardha aq të
shëndosha, sa dhe të bukura. Veshja e
Tiranës dhe e rretheve ka një hije të veçantë,
jo vetëm se xhurdia dhe brekushet dhe
opingat kanë një formë origjinale, po dhe se
ngjyra e tyre, e bardhë dhe e zezë, është një
bashkim plot me shije artistike. Kur njeriu
që i mban është i paqmë nga fytyra dhe i ka
të paqme rrobat, ahere duket tërë bukuria e
kësaj veshjeje kombëtare. Nga forma, veshja
e Tiranës dhe e rretheve sjell menjëherë në
kujtim veshjen popullore të hollandezëve,

aq të dashur, prej artistëve; nga ngjyra, njeriut me letra i vjen nër mend fjala e shkrimtarit ingliz Oscar VVilde, i cili thosh se e zeza dhe e bardha - black and vvhite është më eleganti bashkim ngjyrash. Veshja e grave nuk është aq për të vënë re, as aq e caktuar: forma ndryshon pas fshatit; nuk është anembanë një si veshja e burrave. Dr. Gjilpëra vuri re një ditë dy vajza të bukura nga fshati Shën-Mëri, nja 18 vjeçsh, mesholla, leshverdha, sybardha, të shkafëta në të ecur, dhe me një dritë kuptimi dhe hollësie në fytyrë të tyre të zbuluar, dy piktura të gjalla fare të ndryshme nga hijet e verdha dhe të lodhura të qytetit, piktura shpresëdhënëse për të pritmen e racës. *

Ashtu shkuan ditët e para në Tiranë. Dhe duke hyrë në marrëdhënie me popullin, dr. Gjilpëra nisi të kuptojë më mirë

frymën e vendit. Zemër' e tij nuk u ftoh nga mungesat dhe vogëlitë që zbulonte në karakterin e këtij populli; po ca më tepër i rritej dëshira që të merrej me stërvitjen e tij, se shpirtet e forta ndizen nga pengimet që gjejnë përpara. Tani i mbetej një gjë: të blerët e një vendi për të goditur një shtëpi. Herë vetë, herë i përcjellur prej një axhenti të Kamorrës shëtiste përdita udhët e Tiranës të vijosura me një pe uji që zbret nga malet, ose dilte në rrethet e gjelbra dhe të lulëzuara të qytetit. Dy copëra i kishin pëlqyer: një tokë në udhë të Durrësit dhe një tjatër jashtë Tiranës, në një bregore nga ana e shkallës së Tujanit. Të parin nga këto dhera e zotëronte njëfarë Muhidin aga, të dytin një tregtar i cili i përgjigjej emrit Zulfikar. Dr. Gjilpëra mori një pjekje me këta njerëz të mirë, dhe shkoi bashkë me Ibn-el-Kelbin t'i vizitojë. Qëlluan më parë në shtëpi të Muhidinit. E gjetnë aganë këmbëkryq mi një qilim elegant të Persisë, duke pirë një çibuk nja tri pëllëmbë të gjatë. Qe një njeri me mjekër kripëpiper dhe me sy të vegjël të zezë dhe si të ndezur; veshj' e tij ish një trazim petkash kombëtare dhe fetare: brekushe dhe xhybe, opinga dhe njëfarë çallme, dhe në mes një brez prej mëndafshi disangjyrash. Dukja e Muhudin agait ish e një ashketiu të dalldisur në mejtime të botës tjatër. U ngrit me një oborrësi të ftohtë që të presë mysafirët, të cilët u ulën në një minder kundrejt tij. Fjalët e Muhidin agait qenë të pakta dhe me vend. Dinte qëllimin e vizitës, ish gati ta shesë tokën për një çmim të arsyeshmë, kish shpresë se të dy palët do të mbeteshin të kënaqura. La çibukun mënjanë, mori tespihun dhe nisi ta heqë duke u mejtuar.

-Doktor bej, - tha më në fund, - kam gruan pak zaife. Kini mirësinë t'i jipni nonjë ilaç?

-Daie të shohim se ç'ka më parë. Mund që s'ka nevojë për ilaçe, - u përgjigj doktori.

-Gjylua! - thirri Muhidin agai, - dil aty prapa derës.

-Peqe, këtu jam agë! - u përgjigj një zë i hollë gruaje.

-Tani ç'thoni, doktor bej? - pyeti agai.

-Po unë s'e pashë të sëmurën, - tha dr. Gjilpëra.

-Po s'mund ta shifni, doktor bej, se na e ndalon dini që të nxjerrim gratë.

-Kini të drejtë, po unë s'jam shenjtor evlija, më duket se i thoni, që të kuptoj sëmundjen pa shikuar njerinë e sëmurë.

-Po ja t'ju thom unë se ç'ka: Kohollitet.

-Dhe natën dërsin? - pyeti doktori.

Këtë radhë u përgjigj Gjylnari, prapa derës:

-Evet, doktor bej.

-Dhe ka ethe?

-Evet, doktor bej, - vazhdoi Gjylnari.

-Dhe pështyn gjak?

-Evet, doktor bej.

Dr. Gjilpëra, pas këtyre pyetjeve, qëndroi dhe u mejtua pak.

-Muhidin aga, - tha më në fund, - më duket se e dini sëmundjen që ka zonja. S'është nevoja t'ju kallëzoj emrin e sëmundjes, se shumica e njerëzve tremben më kot nga emrat. Arrin t'ju thom se është një sëmundje e rëndë, po jo dhe për dëshpërim se njeriu ka në trup të tij një fuqi..., asht fuqia e Allahut, - tha Muhidin agai duke i prerë fjalën.

-Maj-haj fuqia e Allahut, - shtoi Ibn-el-Kelbi.

-Njeriu, vazhdoi dr. Gjilpëra, - ka në trup të tij një fuqi, të falur prej Allahu, e cila fuqi e bën shumë herë të mundë e të zhdukë sëmundje edhe më të liga se sëmundja me të cilën kerni të bëjmë këtu. Po me një shart: t'i japim trupit rastin që ta përdorë fuqinë e tij...

-Të falun prej Allahut, doktor bej, - bëri përsëri Muhidin agai.

-S'thom jo, - u përgjigj doktori, - të falur prej Allahut, se juve që i thoni me aq siguri, do të jeni ndodhur kur Allahu ia bëri atë dhuratë njeriut. Po le të mos harrojmë edhe një gjë. Muhidin agai, Allahu ia ka bërë njeriut edhe një tjatër dhuratë, i ka falur mend. Tani mos e përbuzni këtë dhuratë...

-Esta'fullah, esta'fuliah! - bëri Muhidin agai duke ngritur sytë në tavan.

-Përdorini mendë që ju fali Allahu, - vazhdoi dr. Gjilpëra; duhet të kuptoni, Muhidin aga, që unë s'jam i zoti të jap këshilla pa e shikuar mirë njerinë e sëmurë, që të marr vesh gjer më ç'pikë ka arritur sëmundja. Miku ynë këtu, Ibn-el-Kelbi, mund të presë jashtë. Mbetemi vetëm ne të dy; ju që jini burri i zonjës së sëmurë, edhe unë që jam mjek dhe që s'shoh përpara meje veç se një njeri të sëmurë, pa vënë re është mashkull apo femër. Ahere i thoni zonjës të hyjë dhe të zhvishet.

-Qafir! Më dokundize në namuz! - ulërijti Muhidin agai, dhe zbrazi koburen.

Po dr. Gjilpëra u hodh mënjanë dhe plumbi qëlloi një pas- qyrë dhe e dërmoi njëqind thërime. Dr. Gjilpëra me shpejtim, po dhe me gjakftohtësi, nxori një copë të trashë magnesium dhe i vuri zjarrin: një flakë dhe një dritë e bardhë e sipërmnatyrshme plasnë dhe e mbuluan atë çast odën, posi njëqind vetëtima të bashkuara. Muhidin agai ngriti të dy duart në shenjë lutjeje Perëndisë dhe ra më gjunjë duke thirrur, Eshhehu-la-ila-he-ilallah, Muhameae-resul-ullahl Gjylnari nisi vajtimet dhe dr. Gjilpëra mori Ibn-el-Kelbin të hutuar dhe e hoqi zvarrë jashtë. Të gjithë këto ngjanë si në një ëdërr, në më pak kohë që duhen që të kallëzohen.

Kur aoli në oborr të shtëpisë së unjur dhe po largohej me shokun, dr. Gjilpëra shikoi në penxheret: Muhidin agai ish edhe më gjunjë, po tani me duart e shtruara mi gjunjët, dhe duke unjur e ngritur trupin me një të tundur djepi këndonte tevxhid suran' e parë të Kurani-Qerim-it: -El-hamdulil-lahi-rab- il-alemin etj. Pa fjalë si mirënjohje që Perëndia e kish shpëtuar nga rreziku. Doktori, me axhentin e Kamorrës edhe të habitur, ecnëca kohë pa folur. Dr. Gjilpëra ish i kënaqur me veten e tij; kish parashikuar ngjarje të këtilla, dhe mbante kurdoherë në xhep disa ndihma të vogla të kimisë për të trembur, për të vënë në gjumë, për të plagosur lehtë dhe, po t'ish nevojë, si vetmbrojtje të jetës, për të vrarë me shpejtimin e rrufesë. Ibn- el-Kelbi, më në fund mblodhi veten dhe mundi të flasë.

-Zoti doktor, qenkeni njeri i çuditshëm. Vallahi u tremba, jo prej revoles atij budallës, por prej armës suaj të frikshme. Thashë se edhe për pak do të baheshim të gjithë tym e hi.

Aman! Çfarë alamet gjaje paska qenë ajo?

-Një gjë e vogël, - u përgjigj doktori. - Kam këtu gjëra më të çuditshme. Mund, po të isha i marrë dhe të dëshiroja, ta djeg në një çast tërë Tiranën. Po zanati im është të ruaj, jo të prish jetën e njeriut. Tani, miku im Ibn-el-Kelbi, tokën e Muhidin agait nuk e duam. Të shkojmë të shohim Zylfikar aganë.

-Po nuk më napni leje, zoti doktor, të vete t'i bëj raport zotnisë Abd-el-Katli për sa bën vaki.

-Nuk është nevojë, miku im. Po edhe në qoftë nevojë, kini kohë.

-Ahere, vemi të Zylfikar aga, zoti doktor. Ja tek e kemi përpara shtëpinë e tij.

Dhe ca çaste më vonë, trokitnë në derë të Zylfikar agait dhe hyjtin në shtëpi. Zylfikar agai fytyrërrumbullak, me mjekër të rrojtur me mustaqe majëtatëpjetë, vetulltrashë, i veshur me xhurdi dhe me brekushe të bardha si dëborë, u ngrit nga shilteja ku rrinte këmbëkryq duke pirë nargjilenë, dhe me një rëndësi fisnike u tha misardhtë të dy vizitorëve. U ulnë të gjithë në një shilte të kësaj ode të zbrazur, me muret të lyera me gëlqere, ku ishin varur dy reklama me bojëra: njëra e qumështit të kutisë "Nestle", dhe tjatra e vajpeshkut "Scott".

Këto të dy reklama ishin zilia e mëhallës, veçan ajo e "Scottit", ku madhësia e peshkut të ngarkuar në kurriz të peshkatarit mbushte me çudi shpirtet primitive të këtij populli. Një vajzë dhjetvjetsh me një tepsi me tri kafe: Zylfikar agai mori një filxhan pas mysafirëve dhe nisi të heqë një herë nargjilenë, një herë kafenë, duke shfaqur me ho-ho-ho kënaqësinë e thellë të hj.

-Zylfikar agë, - tha Ibn-el-Kelbi, - e dini meselenë që na pruri sot këtu. Zotni doktor dëshiron me ble ato pesë dit'arë që keni nga udha e Shkallës së Tujanit.

Agait iu ngrys fytyra.

-Më vjen keq me ia prish qejfin heqimit, po ajo tokë nuk është për të shitur, - u përgjigj agai.

-Na thanë sikur ish për të shitur, - tha dr. Gjilpëra.

-Aman Zylfikar agë, pse e ktheve fjalën? - shtoi Ibn-el-Kelbi.

-Nuk e shes, - bëri Zylfikar agai.

-Po pse, Zylfikar agë? - pyeti Ibn-el-Kelbi.

-Nuk e shes, jahu!

-Po pse??

-Ja s'du, - u përgjigj përsëri me zjarr agai kokëngjeshur.

Doktori u bashkua me Ibn-el-Kelbin që ta bindin Zylfikar

agën, po jipnin e merrjin më kot. Zylfikar agai në mes dy gargalisjesh nargjileje bërtiste.

-S'du me e shit, jahu! Nuk e shes!

93

Ibn-el-Kelbi, me dinakërinë e një ustai që njihte gjithë kyçet, dyert dhe çipet e errëta të këtij populli, afrohej duke shtënë ca pyetje të holla që ta kapte; po Zylfikar agai e mprapste me përgjigje të shkurtra dhe të thata; posi një mushtë xanxare që s'i afrohet dot njeri ta ngarkojë, se me shkelmat e saj i mban të gjithë të larguar.

U lodhnë dhe heshtnë pakëz.

-Më pëlqen vendi, se është i shëndetshëm, - tha dr. Gjilpëra, - dhe do t'isha gati të paguaj një çmim të mirë, sikur t'i jipnit fund të shisjit.

Zylfikar agai i shtiri mjekut një sy gërmonjës.

-Në qoftë se më nepni pesëdhjet mijë napulijona mund ta shes, - u përgjigj Zylfikar agai.

Një qeshje e madhe e dr. Gjilpërës dhe e Ibn-el-Kelbit i priti këto fjalë të çuditshme.

-S'kërkoni shumë, vetëm dhjetë mijë napulijona dynimin, - tha Ibn-el-Kelbi, dhe e shtoi duke iu kthyer dr. Gjilpërës.

-Urdhëroni të dalim, zotni doktor: Zylfikar aga sot paska pi hashish dhe s'di se ç'flet.

Asht mjaft me zaman që policia e ka synin mi Zylfikar agën për dis tradhti që ka ba karshi

Vatanit. Urdhëroni të dalim, zotni doktor se unë kam pak punë JLLO zyrën e Policisë.

-Daleni, jahu, mos bani axhele, - sikur u lut Zylfikar agai.

-S'kemi nge për muhabet, zotni, - bëri Ibn-el-Kelbi.

Dhe tek po mateshin të ngrihen, u dëgjua një zë gruaje prapa derë:

-Doktor bej, a doni me dit pse nuk e shet tokën Zylfikar aga?

Agai ia preu fjalën:

-Pusho ti, Arife. Shiko punën tande.

Po gruaja pa vënë re fjalët e agait vazhdoi prapa derës:

-Doktor bej, Zylfikar aga kujton se dheu i tij ka ar, dhe thotë se doni me e ble për sebep të arit.

Dr. Gjilpëra qeshi.

-Evet ka ar, - bëri Zylfikar agai, - po të mos ketë ar, ç'ju shtrëngon me e ble?

Mjeku qeshi përsëri.

-Zylfikar agë, - tha Ibn-el-Kelbi, unë të kam pas ditë njeri me mend, të kuptueshëm e të urtë, po ti qenke i marrë, bilahi i marrë!

Zylfikar aga morri zjarr:

-Ç'e ka ngut zotnin' e tij me ardh prej anës tjetër të dynjas me ble tokë në Tiranë, dhe pse nuk pëlqeu noj tokë tjatër veç tokës Zylfikar agës? Heqimi ka ndigju mutllak n'Evrop që toka e Zylfikar agës në Tiranë ka flori, dhe ashtu asht nis me më rrejt me nji cop buk, po nuk rrehet kollaj.

Dr. Gjilpëra qeshi përsëri dhe shkëmbeu ca fjalë me zë të unjur me Ibn-el-Kelbin.

-Zylfikar agë, - tha axhenti i Kamorrës, zotni doktori ka një teklif me juve. Asht hazër me vu imzan nji kart të shkruëme prej nji avokati, ku ka me u zotu, se në qoftë së gjindet ar në tokë të bleme prej jush, ka me jua kthy tokën me gjith binat që të ket goditun, pa lyp noj shpërblim.

Foli gruaja fshehur prapa perdes:

-Teklifi asht i mir', Zylfikar agë, mos ki fryk, po shtie dhenë.

-Më pëlqen edhe mu ky teklif, Arife, - tha Zylfikar agai, dhe iu adresua mjekut.

-Doktor bej, për dyqind napulijona, e shes tokën, fekat merret vesh nji e shitun me shart.

-Ja nji kapar 50 napoleonash, - tha dr. Gjilpëra dhe nxori e ia numëroi Zylfikar agait.

Ashtu, një punë e mërzitur dhe e zgjatur tepër, mori fund të pëlqyer.

-Nesër, - tha Zylfikar agai, - urdhëroni këtu: unë kam thirr avokatin për me mbaru punën.

Ashtu caktuan kohën, dhe doktori me axhentin e Kamorrës u ngritnë të shkojnë.

-Ju kam shumë rixha, urdhëroni rrini dhe pak, - tha Zylfikar agai, - po bëhet kafja, dhe sa të bahet kafja du me ju lypë nji nder.

-Urdhëroni, - iu përgjigj dr. Gjilpëra dhe u ul përsëri.

-Kam gruan të sëmur, heqim bej, dhe du nji ilaç.

Dr. Gjilpëra i preu fjalën menjëherë:

-Ajo është e pamundur; jam mjek vetëm për burra, s'jam mjek grash.

-Axhaip! Po pse? - pyeti Zylfikar agai.

-Se zotni doktori e di që burrat shqyptarë janë erzlli e s'duan me i nxjerrë grat, - tha Ibn-el-Kelbi.

-Aferim, heqim bej, - bëri Zylfikar agai.

-Kam nër mend të sjell një grua doktore nga Evropa, një doktoreshë për të shikuar gratë, - vazhdoi dr. Gjilpëra.

-Axhaip! Paska dhe gra heqime n'Evrop? - bëri Zylfikar agai.

-Ka shumë dhe disa janë mjekesha. të mira, - u përgjigj dr. Gjilpëra. - Jam i bindur se në një vend me namus' si Shqipëria, e vetëma udhë që të këqyrë gratë e sëmura ashtu siç duhet është të sjellim ca doktoresha.

Arifeja, e fshehur prapa perdes, nxori përsëri zërin e hollë të saj.

-Po neve; grave të sëmura si do të na vejë halli, doktor bej? kemi me vdekë gjersa të vijn doktoreshat.

Dr. Gjilpëra u mejtua pak.

-Unë kam shpikur dhe një sistem të ri, - tha, - në ca raste mund të shikoj një njeri me anë të një vqiqili. Fjala vjen, në vend të zonjës këtu, mund të këqyr burrin e saj, të ndershmin Zylfikar aga; dhe po të jetë nevoja të japë nonjë ilaç, do t'ia jap Zylfikar agait: dhe jam i bindur se ashtu zonja do të shërohet.

Dhe i tërhequr nga ironia e tij, dr. Gjilpëra zhvilloi me fjalë më të gjata sistemin e një mjekësie me anë zëvendësi, - medi- cine by proxy mund të thomi inglisht. Kujtonte se dëgjonjësit mirrjin pjesë te tallja e hollë dhe e çmojin. Po çudia e tij qe e madhe kur, duke mbaruar, zbuloi që ata kishin marrë fjalët e tij për të vërteta dhe ishin që të tre plot entuziazmë.

-Vallahi asht nji usull fort i bukur, heqim bej! - tha Zylfikar agai.

-Aman doktor bej, këqyrni Zylfikar agën, dhe shpëto-mëni mu të mjerën! - u lut zëri i hollë i Arifesë prapa derës.

-Zotni doktor, bani himnet dhe mbarojeni kët punë, - shtoi axhenti i Kamorrës.

Dr. Gjilpëra kish rënë në një trap të ngrehur me duart e veta. Po të mohonte ndihmën e tij duke zbuluar ironinë, mund që këto shpirte primitive të mirrjin shakanë si një sharje dhe ahere kushedi se ç'mund të ngjiste. Nga ana tjetër, ç'marrëzi më e çuditshme se të përpiqej të shëronte Arifenë, duke i dhënë ilaç Zylfikarit? I vetmi shpëtim ish në të lënë punën për më tutje, në qoftë se mund t'i bindte këta njerëz të mbarë ta lejin provën për më vonë.

-Po presim pra, doktor bej, - qërtoi me butësi zëri i hollë prapa derës.

-Më falni që ju bëra të prisni, - tha dr. Gjilpëra, - ju lutem zonjë si e ndjeni veten dhe ku kini të dhëmbura?

-E para e punës, më mundojnë dhëmbadhat, shumë s'më zë gjumi prej të dhimburave.

E para punës, domethënë Arifeja kish dhe të tjera halle veç dhëmballave. Dr. Gjilpëra u ngrit dhe hapi nofullat e Zylfikar agait. Pesë dhëmbë ishin të prishur ligsht, dhe do të qe fitim për shëndetin e agait sikur të nxirreshin. Mirëpo dr. Gjilpëra, ndonëse dinte çdo gjë që mund të dihej për dhëmbadhët, s'kish aspak stërvitje praktike në këtë degë.

-S'kam darat këtu, ta lemë punën për njëherë tjetër7 - tha doktori.

-Qyqja, unë u fika! Aman, doktor bej, kini merhamet! Kemi na darë. Lejla, shpjeri darën doktor beut, - thirri Arifeja.

Dhe para se të mbetej kohë për protestim, vajza e vogël Lejlaja hyri me një darë të frikshme dhe ia dha dr. Gjilpërës.

-Kjo asht darë për të shkulur gozhdë! - protestoi mjeku me një tingull lutjeje në zërin e tij.

-Heqim beu ka hak, - bëri Zylfikar agai i verdhur, - ta lemë për një herë tjetër.

-Ke frykë Zylfikar agë, jazëk të qoftë! - tha Arifeja.

-Bahu trim, Zylfikar agë! Ashtë sevap, se e ke gru, - shtoji Ibn-el-Kelbi.

-Aman, doktor bej, mos e ndigjo Zylfikar agën, - insistoi Arifeja.

-Sillni një legen dhe një kupë ujë të kripur, - urdhëroi doktori.

Ca çaste më vonë Lejlaja i pruri. Ahere dr. Gjilpëra, i dërsitur nga kjo skenë e çuditshme, mori darën dhe hapi nofullat e Zylfikar agait. Të tre dhëmbët e para duallnë pa mundim; i katërti kish rrënjën aq të shëndoshë, sa u thye maja, po rrënja s'lëvizte. Zylfikar agai lëngonte.

-Gajret, Zylfikar agë, - bërtiste gruaja.

-Gajret, se ke gru! Dale të të mbaj unë gojën hapur, - tha Ibn-el-Kelbi.

Dhe ia hapi nofullat aq shumë, sa dukej sikur do të shkall- moheshin.

Duke përmbledhur tërë fuqinë në dorë dhe në krahë të tij, dr. Gjilpëra shkuli dhe këtë dhëmballë xanxare. Dhëmbi i pestë dhe i fundit dolli pa mundim. Zylfikar agai bëri uf, medet! Shpëlau gojën, kërkoi një kupë ujë të ftohtë, piu, bëri përsëri uf, medet! Dhe porositi thingjill për nargjilenë. Dr. Gjilpëra u ul në shilte, dhe fshiu djersën e ballit. Lejlaja pruri thingjillin, dhe të gargalisurit e nargjilesë u dëgjua përsëri.

-Si e ndien veten tashi, Arife? - pyeti më në fund Zylfikar agai.

-Jam shum mir' s'kam më të dhimbura erdhi përgjegja e papritur.

Dr. Gjilpëra hapi sytë. A kish përpara një ngjarje shërimi nga besimi i fortë në shërimin e pritur, apo mos kish të bëjë me një grua të bezdisur nga kafshëritë e një burri të ashpër, e cila kapi këtë rast për të nxjerrë inatin e mundimeve që hiqte? Dr. Gjilpëra kish dëgjuar se gratë e Tiranës janë shakaxhesha të mëdha; dhe ndonëse Zylfikar agai s'dukej njeri i keq, s'dukej as të dinte se dhe gruaja ka të drejtën e saj. Kush i di tragjeditë e përditshme në jetë të një gruaje barbari? Tragjedi aq të vogla për të huajin sa s'duken në sy, po aq të mëdha për viktimën, sa qëllojnë si sëpata në zemër të saj dhe lënë plagë të përjetshme.

Dr. Gjilpëra qe i dalldisur në mejtime, kur zëri i hollë i Arifesë u dëgjua përsëri prapa derës:

-Jam shumë mirë prej dhambëve, doktor bej, s'kam ma, kujtoj se s'kam me pasë kurrë ma, të dhimbuna. Po kam një tjatër hall; më dhëmb kryet, e shum herë më merren ment.

-A dilni në rregull jashtë? - pyeti dr. Gjilpëra.

-Jo me rregull, doktor bej.

Faik Konica

Dr. Gjilpëra iu kujtua se në një spiceri, afër shtëpisë së Zylfikar agait, kish parë ca shishe Hynyadi Janos. Nxori një copë kartë, shkruajti ca fjalë,dhe ju lut Zylfikar agait ta dërgojë në vend. Lejlaja mori kartën dhe doli; dhe pa shkuar shumë kohë, u kthye me një shishe Hynyadi Janos.

-Zylfikar aga, - tha doktori, - që të mos i dhëmb më kryet zonjës, dhe që të mos i merren më mend, do t'ju jap juve të pini gjysmën e këtij ilaçi.

-Zonjë! - vazhdoi doktori, - Zylfikar agai a e ka gjumin e lehtë?

-A, doktor bej, - u përgjigj Arifeja, - Zylfikar agai çohet në mes të natës, më tund mu fakiren, më pret gjumin e amël, më thotë Arife ngre-u bamë një kafe dhe ndizmë nargjilen, edhe unë s'kam ça me ba, ndigjoj urdhnin dhe çohem me i shërby.

-Në mes të natës, thatë zonjë? - pyeti dr. Gjilpëra.

-Po, në mes të natës, bil-lahi, doktor bej.

-Ha-ha. Zylfikar aga, - bëri dr. Gjilpëra, - qenkeni edhe hujllinj? U ngrikeni në mes të natës, i prishkeni gjumin gruas, se dashkeni kafe dhe nargjile kur tërë bota flenë, eh? Zylfikar agë, do të pini këtë shishe të tërë!

Dhe dr. Gjilpëra u ngrit më këmbë. Zylfikar agai u verdh:

-Nuk është shum, heqim bej?

Në vend të dr. Gjilpërës, foli Ibn-el-Kelbi.

-Ajo është puna e zotni doktorit, - i tha axhenti i Kamorrës, - ti, Zylfikar agë, si erzlli që je, ke borxh me e shëru gruan; pije pra ilaçin, pa pyetur bashtan sa ma suale.

Zylfikar agai e mori Hynyadi Janos-in dhe nisi ta pijë, po që në gllënk të parë shëmtoi turinjtë dhe qëndroi duke thirrur:

-Asht, e hidhur fort, nuk pihet, heqim bej!

-Jazëk, jazëk të qoftë, Zylfikar agë! - bëri Arifeja.

-Vallahi s'ka derman, ke me e pi Zylfikar agë! - briti Ibn-el- Kelbi me koburen në dorë.

Zylfikar agai psherëtiti, dhe duke mbyllur sytë, e piu shishen me zor gjer në fund.

-Aferim, Zylfikar agë! - tha Ibn-el-Kelbi.

-E dija që Zylfikar aga ashtë trim, - tha Arifeja, sikur me një tingull përqeshës në zë të saj, iu duk dr. Gjilpërës.

-Doktor bej, - vazhdoi zëri i hollë prapa derës, - e ndjej veten shumëma mirë, nuk më dhëmb ma kryet, nuk më merren mend.

-Dhe do të shëroheni fare, në qoftë se Zylfikar aga bën perhiz dy ditë. Dyzet e tetë orë mos i jepni hiç gjësendi, veç ujë, - porositi dr. Gjilpëra.

-Aman, heqim bej! - u lut Zylfikar agai.

-Mos ke lujt mendsh, Zylfikar agë? - qërtoi me dashuri Arifeja. - Doktor beu e di ma mirë punën e shëndetit se ti.

-Edhe një mbret, edhe Salemboza bile, i dëgjon porositë e mjekut, - vërtetoi Ibn-el-Kelbi.

-Po nargjile dhe kafe a mundem me pi? - pyeti Zylfikar agai.

-Sado që kafeja e nargjilja s'janë të mira për shëndetin tuaj, ju jap leje të pini se jini mësuar dhe slaëni dot pa to, po duhet të pini me masë, të pini pak jo tërë ditën, Zylfikar aga, - u përgjigj dr. Gjilpëra. - Tani, - shtoi mjeku, - do t'ju lë me shëndet; dhe mos harroni, kur të mbarohet perhizi, ta prishni perhizin duke ngrënë pak dhe gjëra të lehta, jo duke nisur menjëherë nga gjellët e rënda. Dhe juve, zonjë, ju porosit që Zylfikar agait të mos i veni veshin në qoftë se ngrihet në mes të natës dhe kërkon kafe dhe nargjile: Doktori bën jasak; dëgjuat?

-Po, doktor bej, do t'i nderoj gjithë porositë tuaja.

Matej dhe Zylfikar agai, diç të thosh, kur u hodh në këmbë dhe iku me vrap.

-Ç'bani vaki, ç'asht? - bërtiste Arifeja prapa derës.

-Hiçgjë, mos kini frikë, ilaçi nisi të veprojë, - tha dr. Gji- lpëra, - rrini me shëndet.

Dhe i përcjellur me falenderimet e Arifesë, mjeku ynë dolli bashkë me axhentin e Kamorrës.

Një ilaç i dhëmbshëm, i panevojshëm, po për një herë vetëm nuk është ligsht për Zylfikar aganë, mejtonte dr. Gjilpëra. Njeriut i qërova gojën dhe zorrët, gruaja është e kënaqur. Megjithkëtë, e ngjara është e çuditshme, është një faj kundër së vërtetës, ndonëse faj qesharak dhe i padëmshëm.

Dhe tek po rrëkëllente këto mendime në trutë e tij, arritjin përpara kafenesë dhe u ul në një tryezë. Dhe si u ul, u afruan doktorët Protagoras Dhalla dhe Emrullahu.

-Ja dhe mjeku që asht armik i mjekësisë, - bëri me thartësi dr. Protagoras Dhalla.

-Jo, - ia ktheu dr. Gjilpëra, - jo ashtu. Po mjeku që është armik i mjekësisë së rremë.

-Cila është mjekësi e rremë, cila mjekësi e vërtetë? - pyeti dr. Emrullahu.

-Mjekësi e rreme, - u përgjigj dr. Gjilpëra, - është mjekësia statike, mjekësia që rri në vend pa përparuar, që ushqehet me formula të vjetra, që është fanatike dhe dogmatike posi një fe, që nxjerr rregulla absolute nga premisa të pakontrolluara, që e merr mishin e gjallë të njeriut si një shesh prej guri ku mund të derdhen për prodhim dhe pa mëshirë gjithë qelbësirat e të përmbledhura në spiceritë. Ajo është mjekësia e rreme. Mjekësia e vërtetë është mjekësia që ka lënë udhët e vjetra, që kërkon udhë të ra për shërimin e njeriut jo në formula magjike, por në veprimin e forcave të natyrës, si dielli, era, ujët7 pemët, mi trupin e dobëtuar.

-Fjalë të bukura, po të errëta, - tha dr. Protagoras Dhalla.

-Zoti doktor, - pyeti dr. Emrullahu, - pse i këshilluat të shkëlqyerit Salemboza të hedhë ilaçin që i kisha dhënë? Mos doni të thoni se hekuri nuk është i nevojshëm për gjakun?

Doktor Gjilpëra u mejtua pak dhe qeshi:

-Dr. Habibullah pashai edhe Fakulteti i Mjekësisë në Athinë kanë një rëndësi të madhe, të paktën ashtu thoni ju, zotërinj, dhe unë ju besoj. Po mua nuk më intereson kush ka rëndësi, unë interesohem vetëm në problemet e shëndetit të shikuara prej pikëpamjes së një mendjeje të çliruar nga dogmat shko- llare. T'ju thom tani pse i këshillova zotit Salemboza ta flakte ilaçin e dr. Emrullahut. Duhet të dini dhe padyshim e dini, po shumë herë e harroni, që njeriu dhe kafshët nuk mund të rrojnë duke u ushqyer me lëndë inorganike, nga lëndë kimike. Është, pra, një mirësi kur gjakut të një të sëmuri i mungon p.sh. hekur, të kuptojmë se duke i dhënë të hajë lëndë inorganike si gozhdë, ose toz hekuri në formë hapesh ose të trazuara me verë, ai hekur do të thëthihet në gjak të njeriut. Nuk

Faik Konica

është gjë që bëhet. Po në qoftë se ai i sëmuri ushqehet ca kohë me barëra që kanë hekur, duke qenë se barërat janë lëndë organike, mund të jemi të bindur se efekti mi gjakun e njeriut do të jetë i domosdoshëm.

Të dy mjekët qeshën me një të qeshur të thatë. Dr. Gjilpëra ^cshte dhe ai, po përbrenda me injorancën e këtyre palaçove:

-Daleni pakëz, m'u duk sikur diç pashë, hapeni pak gojën, - i tha dr. Dhallës.

Ky e hapi gojën.

-Ha -ha çudi! Po hapeni dhe ju, - i tha dr. Emrullahut.

E hapi dhe ky.

-Ha-ha, dhe ju gjithashtu.

-Pse, ç'është, ç'ka zbuluat? - pyetnë të dy mjekët.

-O, një gjë e tmerrshme, - u përgjigj dr. Gjilpëra.

Dr. Gjilpëra hoqi një kuti nga xhepi me ngadalë dhe ndezi një cigaretë. Të dy mjekët të paqetë, prisjin. Po dr. Gjilpëra, që t'i ngasë, hapi një bisedim tjatër.

-Kristobal Kolombi, - tha, - duke zbuluar Amerikën, pruri shkatërrimin e popujve që rronin atje, të paditur dhe të lumtur. Pëllëmbë më pëllëmbë, të bardhët zaptuan dhenë; njëri pas tjetrit indianët u zhduknë. Po Amerika mori një shpërblim të frikshëm nga Evropa: Amerika na dërgoi dy sëmundje të panjohura në botën e vjetër, - frëngjyzin, që e kanë shumica e të bardhëve, dhe duhanin që e kemi të gjithë. Se duhani është një sëmundje e vërtetë, po ç'sëmundje e ëmbël dhe e pëlqyer! Shpirti i prehur është mirënjohës për këtë sëmundje, dhe dërgon përpjetë tymin e kaltër të cigaretës si një temianë dhe një lutje në qiell. Po bota e vjetër është fisnike, zotërinj, dhe s'mund të mos i dërgonte edhe ajo dy dhurata botës së re. Kasniku, që kish prurë në Evropë frëngjyzin me duhanin, u kthye në Amerikë, i mbushur me alkoolin dhe me gënjeshtrën. Dhe indianët që s'dijin as të rrojin, as të pijin, nxunë të bëhen gënjeshtarë dhe pijanikë. Les pet 'ts cadeaux entretienne l'amitie, thotë Frëngu. Dhe vërtet, dhuratat e vogla e mbajnë të gjallë miqësinë. Urdhëroni nga një cigare zotërinj!

Të dy mjekët e vjetër shikuan njëri-tjetrin, dhe nd.'zën nga një cigaretë.

111

Faik Konica

-Dr. Habibullah pashai, pi duhan shumë, ndonëse është i

mendjes se duhani prish, - tha dr. Emrullahu.

-Kjo është fjala më e mirë që kini për dr. Habibullah pa- shanë, se provon që të paktën pashai është njeri, - u përgjigj dr. Gjilpëra.

-Af edersiniz, dr. Habibullah pashai është njeri i madh, - tha menjëherë të mëvërojtur dr. Emrullahu.

-Një njeri i madh, njeri me mesh-hur, po njeri. Homo sum jam njeri, nuk është ashtu, "O Protagora?" - bëri dr. Gjilpëra.

-Vevea fisika, - tha dr. Protagoras Dhalla. - Po mos harroni se elinishtja është më e vjetër se latinishtja.

-Non sequitur, O Protagora, non sequitur, - bëri dr. Gjilpëra.

-S'mbaj mend mirë se ç'thotë O Hippokratis për duhanin, - vazhdoi dr. Protagoras Dhalla.

-Duhet kënduar korrespondenca e Hippokratit me inglizin Sir VValter Raleigh që pruri i pari duhanin në Evropë, - këshilloi dr. Gjilpëra.

-Nuk e kam kënduar, - tha dr. Dhalla.

-Por gjëja më interesante, - shtoi dr. Gjilpëra, - është korrespondenca e Herodotit me Linkolnin.

Këtu u bë një lëvizje në Kafenë të Erzenit. U dëgjua një zhurmë, dhe atë çast shkoi kaluar dhe i kapërdisur ministri Salemboza. Dr. Gjilpëra e shikoi se Salemboza kruante baliin me gishtin dëftonjës të dorës së mëngjër dhe dukej i dalidisur në mendime të theila.

-Zoti doktor, - tha dr. Emruilahu, kur u qetësua rruga dhe Kafeneja e Erzenit u kthye në punët e saja, - harruat të na kallzoni ç'patë në gojët tona.

-S'harrova aspak, - u përgjigj dr. Gjiipëra, - po thashë se nuk do të interesoheni të mësoni.

-Ju iutem të na thoni, - tha dr. Protagoras Dhalla.

-Me gëzim, - bëri dr. Gjiipëra, - dhe që t'ju nxjerr menjëherë nga meraku, do t'ju thom se më dukeni që të dy skorbutikë.

Faik Konica

-Bah? - bëri dr. Protagoras Dhalla.

-Jo, xhanëm? - tha dr. Emrullahu.

-S'ka bah, dhe ju kini skorbut që të dy, ndonëse nën një lurmë të lehtë. Një filozof ka thënë se meraku është babai i diturisë. Është çudi si s'jini bërë nonjëherë merak të kërkoni shkaket e njollave të gjelbra që keni në dhëmbët dhe të mishrave të enjtura që rrethojnë dhëmbët. E ngrëna juaj është e lajthitur. Do të kini dëgjuar se njerëzit e detit, kur rrinë disa javë pa dalë në tokë edhe ushqehen me peshk të kripur dhe me të ngrëna ktie, sëmuren nga skorbuti: po me të dalë në stere dhe me të ngrënë sallata të njoma dhe pemë, shërohen. Në Filipinet, ca vjet më parë, popullatën e tërë të nisive e zuri sëmundja "beriberi", që është një formë e skorbutit. U bënë kërkime, dhe u zbulua se sëmundja doli pak kohë pasi filipinasit nisnë të hanë oriz të zbardhur. Guverna amerikane dha urdhër që të mos shitet më oriz i zbardhur, po oriz me gjithë cipën. Filipinasit, posa zunë të hanë përsëri oriz të pazbardhur, beriberi u zhduk. S'kam këqyrur shumë njerëz në Shqipëri, po jam i bindur se do të ketë shumë skorbut, kur shoh se pemë dhe sallata të njoma, s'hanë fare ose pak dhe rrallë, dhe veçan kur shoh bukën e bardhë pa krunde, që është një helm i vërtetë. Duhet t'i këshillojmë Guvernës, pa ndryshim partie, të bëjë jasak miellin e bardhë, sitat dhe bukën e bardhë.

-Po pse? - pyetnë të dy mjekët.

-Pse? - tha dr. Gjilpëra me zemërim dhe u ngrit e doli nga kafeneja pa shtuar asnjë fjalë.

Të nesërmen dr. Gjilpëra vajti bashkë me Ibn-el-Kelbin në shtëpi të Zylfikar agait. Kur kapërcyen pragun e derës së jashtme dhe shkojin në oborr, dëgjuan zërin e Arifesë që thosh:

-Lejla, çil derën se po vjen doktori.

Dr. Gjilpëra hodhi një sy përpjetë, dhe i pavënë re, vuri re një grua të lulëzuar nga shëndeti, me faqe të kuqe dhe me fytyrë të këndshme, e cila tregonte dy sërë dhëmbësh të paqmë duke qeshur nga ana e Lejlasë. Kjo vallë ish Arifeja? Pa fjalë, ajo do ish. Gjithë dyshimet e dr. Gjilpërës u vërtetuan. Arifeja nuk qe e sëmurë; po duke hyrë në shpirtin e shakasë së mjekut, kish kapur rastin për të ngarë Zylfikar aganë dhe ndoshta, për të nxjerrë një shpërblim të vogël për mundimet e përditshme të saj unjur e të errët. E pastërvitur, pa fjalë do të ish; po ca njerëz, veçan gratë, lindin me një hollësi prej natyre që zë vendin e diturisë dhe e zë me shkëlqim. Arifeja mund që, me forcë ndonëse në një mënyrë të pacaktuar, ndjente nevojën e një jete të ndryshme, një jetë të ndershme e të drejtë e të pastër, po me më tepër diell, më tepër gaz, më tepër shkëlqim mendimesh me botën e jashtme. E mbyllur në mes të katër muresh, posi një murgeshë në fund të një manastiri, jeta e saj e murrme vazhdonte pa ngjyrë e pa dritë; kur shpirti i saj dëshironte një tingëllim muzikash të padëgjuara, ish e dënuar të mos dëgjojë tjatër muzikë, veç gargalisjes së nargjilesë.

-Dukeni shumë i mejtuar, heqim bej.

Zëri i Zylfi agait e zgjon dr. Gjilpërën nga ëndërrimi.

-Mos pyesni, heqim bej; u bana perishan. Aman, çfarë ilaçi asht ai që më dhat me pi? Kam dalë jashtë pa pushim, nat e • dit. U bana mahy.

-Mos bëhuni merak Zylfikar aga; ilaçi që ju dhashë nuk është i dëmshëm.

U ulnë të gjithë. Arifeja foli prapa derës:

-Zylfikar aga, mendon vetëm veten e tij, s'mendon hiç për të tjerët. Doktor bej, jam shumë mir, se ilaçet që i dhat Zylfikar agës edhe të shkulnin e dhambëve më kanë liru vuxhudin prej të dhëmbunave.

-E di zonjë, dhe jam i gëzuar, - u përgjigj dr. Gjilpëra, - dhe ju vërtetoj se çdo herë që të sëmureni, jam gati të vij t'i jap ilaçet e duhura Zylfikat agait. Po sa më rrallë, aq më mirë, zonjë; se ka dhe Zylfikar agai shpirt, dhe s'duam ta vrasim.

-Qyqja, jo me e vra, - briti Arifeja, - vetëm me i dhanë ilaç të hidhta kur të jem e lighshtume.

-'Rrofshit sa malet, heqim bej, - tha Zylfikar agai, - kam shpresë se tash që gruaja u ba mirë; s'ka me ken më nevoj për ilaçe.

-Ke fryk, Zylfikar agë, - u përgjigj Arifeja, - ke fryk se mos të prishet rehati.

-Je e gabueme, Arife, s'kam fryk aspak. Por kam u, du me hangër, - bëri Zylfikar agai.

Këtu mori fjalën Ibn-el-Kelbi:

-Madam, që zotni doktori porosit me ba perhiz, duhet me pas sabr, Zylfikar agë, se e ke gru dhe asht sevap.

Lejlaja pruri kafetë. Dhe tek po pijin, u dëgjua një e trokitur në derë, dhe pas ça çaste hyri një njeri me xhurdi dhe me brekushe, fytyrë e parrojtur e të cilit ish e ndarë në dy prej një hunde të madhe me një samar përsipër.

-Evraket jan Hazër, Zylfikar agë, - tha njeriu, dhe pasi u njoh me dr. Gjilpërën u ul dhe nxori një çibuk të gjatë nga brezi.

Pastaj shtroi përpara kundratën e shitjes. Si u shkëmbyen disa mendime, mbetnë të gjithë të kënaqur; dhe njeriu emr' i të cilit ish Nizam-ukl-Mulq, e mori përsipër të vejë bashkë me Ibn-el- Kelbin për të bërë kajd kartën dhe për të nxjerrë tapinë. Ashtu, pas një muhabeti të shkurtër, u ndanë të gjithë dhe dualinë. Shkuan dhe dy ditë, dr. Gjilpëra numëroi paratë dhe shtiri në xhep tapinë. Me ndihmën e Kamorrës, gjeti dhe punëtori, dhe i vuri ta qërojnë tokën e tij nga gurët dhe ferrat, ta sheshojnë, dhe, atje ku kish nër mend të mbjellë për zarzavate dhe lule, ta lërojnë me kujdes. Dr. Gjilpëra vente çdo ditë të rrijë nonjë orë duke vëzhguar punëtorët' dhe ndaj mbrëmave kur dielli ish në të perënduar e sipër, zëri i kulluar i muezinit nga minarja më e afërme u jepte rretheve një hije bukurie dhe ferri.

118

Dr. Gjilpërës i vente mendja në përrallat e Shehrazadit, i dukej sikur ndodhej për ca çaste nën qiellin e Bagdatit ose të Shamit. Dhe kthehej në hotel plot me ëndërra të një bote të ndryshme.

Që kur ish zënë me doktorët Emrullah dhe Protagoras Dhalla, s'kish shkelur më në kafene të Erzenit. Një ditë, tek po lahej në tub, u hap dera e odës së tij dhe hyjtin Dhaila me Emrullahun.

-Dunej të kishit trokitur, - u tha me zemërim dr. Gjiipëra.

-Trokitmë, po s'dëgjuat, - u përgjigj dr. Emrullahu.

-Singnomin qirie jatre, mos e merrni për keq, - shtoi dr. Protagoras Dhalla.

-Kur marr iiaçe, s'dua të më turbullojnë vizitorë, - bëri dr.

Gjilpëra.

-Ojle-mi? Ilaç allijormesh! - tha dr. Emrullahu.

-Ha-ha, Zoti jatro, merrkeni ilaçe, po i merrni fshëhur! - shtoi dr. Protagoras Dhalla.

-Pa fjalë marr, dhe meqë erdhtë dhe s'dua të ju përzë, ju lutem të rrini dhe të vëzhgoni se çfarë ilaçesh marr unë.

Të dy të diturit e Ballkanit u ulnë, dhe dr. Gjilpëra vazhdoi banjën duke folur:

-I pari iiaç që marr unë është ujët. Shikoni se si e shkoj sfungjerin përsipër. Një herë, dy herë, tri herë, gjersa ta qëroj mirë lëkurën. E mbarova njërin krah, do ta nis iani nga tjetri. Shikoni. E lava tërë trupin, pa harruar asnjë çip. Tani duhet ta fshij, dhe kjo s'është punë e pakët, se dëshiroj ta thaj mirë lëkurën. Një peshqir, dy, tre. Më duket se e fshiva paq. Tani do të marr ilaçin e dytë.

-E di unë cili është i dyti ilaç, - tha dr. Protagors Dhalla. - Është verë e trazuar me kininë dhe me hekur.

Dr. Gjilpëra nënqeshi:

-Që të dy ilaçet që emëruat janë elegante dhe të dobishme, - tha, - shumë të dobishme, po ilaçi që do të marr unë është dielli.

Edhe hapi penxheret dhe u shtri lakuriq mbë dhë e mi një çarçaf prej mëndafshi që kish blerë në Pazar të Tiranës.

Të dy mjekët protestuan miqësisht:

-Është marrëzi, zoti doktor! - briti dr. Emrullahu.

-Paradhokson, paradhokson! Do të plevitoseni, qirie jatre, - qërtonte dr. Protagoras Dhalla.

Po dr. Gjilpëra, pa u vënë veshin, thekte lëkurën e tij duke u kthyer nga të gjithë anë, që të mos mbetej asnjë pjesë e trupit e pacinuar prej rrezeve të diellit.

Dr. Protagoras Dhalla luftonte me dr. Emrullahun kush e

kush ta këshillonte më hollë dr. Gjilpërën.

-I iliotherapia praktikohet vetëm në Elveti, adhelfe, - përsëriti nja dy herë dr. Protagoras Dhalla.

Dr. Gjilpëra, i cili ish i shtritur më bark dhe po thekte kurrizin në diell, u mblodh këmbëkryq dhe shikoi me kujdes të dy mjekët:

-Jeni njerëz të çuditshëm, - tha, - më habitni pa masë. Ku djall e kini gjetur mendimin që helioterapia ose elitheorapia, siç thotë miku ynë dr. Protagoras Dhalla, është e mirë vetëm në Zvicër e jo gjetkë? Pse, dielli që ndrit në Zvicër nuk është gjithë ai diell që ngroh dhe Shqipërinë? Apo mos ka nonjë diell të veçantë në Zvicër? Është e vërtetë që zvicrasit janë të zotër pa masë të bëjnë reklama për sanatorët dhe të heqin vërejtjen e botës mi erën e pastër të maleve të tyre. Po unë ju di juve mjekëve s'jeni njerëz të turmës që të veni pas berihas. Mendoni pak, ju lutem. Të thekurit e trupit në diell njihet sot prej gjithë të diturve si një nga mënyrat më të fuqishme për të shëruar njerinë nga disa sëmundje, dhe, në qoftë se njeriu nuk është i sëmurë, për të forcuar trupin e tij kundër çdo rreziku sëmundjeje. Kur paska aq fuqi dielli, kur dielli qenka një ilaç aq i mirë dhe aq i sigurt, atëherë, zotërinj, vallë s'kemi detyrë ta përdorim edhe ne atë ilaç të çuditshëm që s'kushton gjësendi fare? Janë këtu në Shqipëri gjysmë milion njerëz të sëmurë, dhe gjysmë milion njerëz të tjerë ndodhen në kufi të sëmundjes e të shëndetit. Në i stërvitshim këta njerëz të kuptojnë se ç'ndihmë të fuqishme mund t'u sjelli dielli, do t'i japin rast të bëjmë një shërbim të madh këtij populli të mjerë. Unë s'di marrëzi më të rëndë se të dërguarit njerëz të sëmurë të shërohen jashtë, kur duhet të mos harrojmë asnjë çast se në

Shqipëri i kemi gjithë sojet e klimës: erën e thatë të maleve të larta, erën e mesme ("sub - alpinë") të maleve më të unjura, pyjtë me pishë, erën e butë të viseve kur lulëzojnë portokallet dhe qitrot, edhe sipër treqind kilometra nanë detit: dhe përmi të gjitha këto shkëlqen dielli i perëndishmë i Shqipërisë. Në qoftë se s'dimë t'i përdorim këto dhurata të natyrës për fitimin e popullit, në qoftë se dërgojmë në Zvicër a gjetkë, ca të mjerë të dëshpëruar, që të harxhojnë para më kot dhe të prishin në mundimet e udhëtimeve atë shëndet të pakët që u mbetet, ajo do të thotë që ose s'kemi ndërgjegje ose s'kemi për të stërvitur vetë popullin tonë në mënyrat e ra të mjekësisë. Në një rast vetëm justifikohet dërgimi i të sëmurëve jashtë: kur është nevoja për nonjë operatë kirurgjike të rëndë, e cila do specialistë që s'ndodhen në vend tonë.

Dr. Protagoras Dhalla shikoi dr. Emrullahun, po dëgjojin pa dhënë përgjigje.

Dr. Gjilpëra vazhdoi së foluri:

-Është vërtetë se në shëndetoret e mira të Zvicrës e të Gjermanisë, ka një shërbim nurse-sh të stërvitura që s'mund ta gjejmë

123

në Shqipëri. Po duhet vënë re se ai shërbim ësht i nevojshëm vetëm për të sëmurët e përparuar; dhe unë jam i mendjes se kur i sëmuri kapërcen njëfarë kufiri, është kohë e humbur të merremi me të. Ajo që duhet të na interesojë është shumica e njerëzve që janë në nisje të sëmundjes. Kemi shtatëqind mijë të atillë në Shqipëri, dhe s'ka mjaft shëndetorë në botë që të vendosim një ushtri të atillë. Këta mund t'i shpëtojmë, në qoftë se, me ndihmë të Guvernës, i stërvitim si të forcojnë trupin e tyre.

-Të mos harrojmë, omos, se në Elveti do të gjejnë dhe farmaka të çuditshme që s'ndodhen këtu, - tha dr. Protagoras Dhalla.

-Haj, haj, - shtoi dr. Emrullahu.

-Dr. Habibullah pashai, çdo herë që kthehet nga Allamanja sjell ca fevk-al-ade që nuk i dijim. Arnautllëk Avropa diil ja!

Dr. Gjilpëra qeshi dhe u shtrih me kurriz duke kthyer barkun në rrezet e diellit.

Të dy mjekët s'mbetnë të kënaqur.

-Paradhokson. Adhelfe, - tha dr. Protagoras Dhalla, - jam teliofitos tu panepistimiu ton

Athinon, kam parë shumë jatroj me famë, në një fjalë jam i madh...

-Jo më i madh se imë, - protestoi dr. Emrullahu.

Jini që të dy të mëdhenj, mos u zihni, - ndërhyri si pajtonjës dr. Gjilpëra.

-Dhe me gjithë ato që kam dëgjuar dhe që di, - vazhdoi dr. Dhalla, - s'më ka rënë ndonjëherë në vesh nonjë fjalë kundër ilaçeve.

-Ta-farmaka janë shpëtimi i njerëzisë, qirie jatre Anev farmakon, udhemia elpis.

Dr. Gjilpëra i kthen vithet diellit:

-Eahe kjo pjes' e trupit, - tha, - ndonëse një pjesë jo shumë elegante, ka rëndësin' e saj, dhe ka të drejtë të marrë dhe ajo hisen e saj nga rrezet e dieliit. Nuk është ashtu7 zotërinj?

Dhe pa pritur përgjigje, vazhdoi me këto fjalë:

-Ah, Protagora, Protagora, paskeni naërruar shumë që në kohë kur mirrjit pjesë në ato bisedime me famë në shtëpi të Kallias-it.

-Cili Kallais? - pyeti dr. Protagoras Dhalla i habitur, - s'njoh nonjë Kaliias.

-Si! Paskeni harruar kohën kur bisedojit me Sokratin dhe me filozofë të tjerë në shtëpi të Kalliasit? - bëri dr. Gjilpëra me një çudi të gënjeshtër.

-Periergon; s'mbaj mend, - tha dr. Protagoras Dhalla.

-Kini harruar, - vazhdoi dr. Gjilpëra, - po sido që në qoftë, fjalët tuaja i ka shënuar Platoni në shkrimin e tij të quajtur Protagoras, dhe mënyra e mendjes suaj asi kohe qe fare e ndryshme.

Dr. Protagoras Dhalla qeshi:

-Ai Protagoras është tjatër, s'jam un'ai, qirie jatre; jini i lajthitur.

-Ah, ashtu? S'qenkeni ju? Tam marr vesh, - bëri dr. Gjilpëra.

U bë një heshtje. Që të tre kishin rënë në mend.me, dhe

nënqeshjin, secilido për arsye të ndryshme. Dr. GjiiP ra foli i pari:

-1 theka mjaft vithet; tani duhet t'u jap pak diell sqetullave, dhe sot për sot do të kem mjaft ilaç. Ha-ha o Protagora s'qenkeni ju Protagora që ka biseduar aq bukur me Sokratin në shtëpi të Kalliasit! S'qenkeni ju. Më vjen keq. Po në mos jini Protagora i Platonit, ai Protagorë të cilin Sokrati e ka quajtur, ndoshta, me ca ironi, më të urtin e gjithë njerëzve, të pakën jini adashi i Protagorës; dhe si adash do të ish mirë t'i dijit mendimet e tija. Javën që vjen nisem për Itali, ku do të vete për punën e shtëpisë që dua të godit në Tiranë. S'do të harroj t'ju sjell shkrimin e emëruar Protagoras të Platonit. A dini të këndoni gërqisht, zoti doktor?

Dr. Protagoras Dhalla u skuq, dhe u përgjigj me një erë të zemëruar:

-Në mos e di unë, teliofitos tu Panepistimiu ton Athinon, gërqishten, aher, kush do ta dijë?

-Mos aq shpejt, mos, - tha dr. Gjilpëra, - mos o Protagora, se në mes të gërqishtes së vjetër edhe të gërqishtes pseudo-klasike që përdorin sot shkollat e Greqisë, ka një përrua mjaft të gjerë. Dalë të marrim për shembull nonjë fjalë.

Dhe dr. Gjilpëra, si u mendua pak:

Faik Konica

-Në më jipni lejë, - i tha dr. Dhallës, - do t'ju pyes kup-timin e fjalëve që vazhdojnë, fjalë që i kam hasur dendur në tekstet e Platonit: ai onëaë - aoiaë ai aëçëaës - oonëoaaioov alëooçoov onaëçoaoiço. Si i merrni vesh këto fjalë, zoti doktor?

Dr. Protagoras Dhalla qeshi:

-Ato i kupton dhe një çilimi, dhoksa do të thotë lavdi, dhe fjalët që përmendtë kanë këtë simasia: lavditë e drejta-lavditë e vërteta - të lëvduarit drejt a dituria e lavdisë së drejtë.

-Aspak, o Protagora! - u përgjigj dr. Gjilpëra, - dhoksa, në gërqishten e vjetër, ka kuptimin mendim, dhe fjalët që zumë në gojë duan të thonë mendimet e drejta, mendimet e vërteta; të menduarit gjëra të drejta; dituria e mendimit të drejtë. Shqip mundet që fjalë saktë të jetë një përkthim më i mirë për orthos, dhe ashtu do të kemi; mendimet e sakta etj. Ha -ha, o Protagora, shihni që nuk e dini gërqishten?

Dr. Protagoras Dhalla u ngrit më këmbë duke protestuar.

-Singnomin, qirie jatre!

-S'ka signomin. Nuk e dini gërqishten klasike. Mos u bëni i marrë. Uluni! - tha dr. Gjilpëra.

Dhe, si u ul dr. Protagoras Dhalla duke u grindur në një mënyrë të mbyllur, dr. Gjilpëra vazhdoi fjalën e tij.

-Nuk e dini gërqishten e vjetër dhe kini shkak të mos e dini. Në viset ku dituria e gjuhëve është dituri, çdo njeri i stërvitur ka nxënë fjalët, me kohë zhvillojnë kuptime të ndryshme nga kuptimi i vjetër i tyre. Për shembëll, fjala latine imperator, në periudhën klasike të Romës, kish kuptimin kumandar ushtrie, gjeneral dhe asnjë kuptim tjatër; po sot, shikoni se ç'kuptim ka marrë! Për një italian që është mësuar t'i japë kësaj fjale, në gjuhë të tij, kuptimin e një mbreti të madh, është shumë zor t'i mbushet mendja se një mijë e nëntëqind vjet më parë kish një vlerë fare të ndryshme. Me gërqishten e re, veçan me gërqishten artificiale të shkollës, e cila përdor fjalët e vjetra pa ndryshim forme po shumë herë me një kuptim të zhvilluar e të ndryshuar nga koha, njeriu gjen në çdo çap gracka. Dhe siç duket, këto gjëra, të cilat gjetkë i dinë dhe nxënësit e shkollave të larta: në Greqi nuk i kanë dëgjuar as nxënësit e shkollave të larta dhe ashtu, këta nuk orvaten kurrë të zbuiojnë kuptimin e vjetër të fjalëve. Prandaj, një nxënës i mirë i Gjermanisë, i Rusisë, i Inglisë, i Francës, ka dituri më të saktë të gërqishtes se sa një nxënës i mirë i Greqisë së sotme. Të njohurit e gërqishtes së re është një pengim i madh për të nxënët e greqishtes së vjetër.

-Paradhokson, murmuritte, o Protagora? Aspak. Ashtu ju duket juve, po mua më duket afër mendsh, tani mjaft folmë për gjëra të gjuhës. Fundi, është që nuk dini gërqishten, ndonëse kujtoni se e dini: dhe prandaj është më kot të ju bie tekstin Protagoras të Platonit, se edhe me ndihmë shënimesh dhe fjalori nuk do ta këndoni dot. Po të ju thom shkurt çfarë mendjeje kish adashi juaj Protagoras. Shkrimtari grek Diogjenes Laertios, në librin e tij mi jetët dhe mendimet e filozofëve të shkëlqyer, thotë se Protagora ngulte këmbë që çdo çështje ka pamje, njëra e përkundëshme nga tjatra. Në të tjera fjalë, Protagora qe një relativist, siç thonë në gjuhën e filozofisë së sotme. Që të flasim hapur shqip, Protagora qe i mendjes se kur në dorë një gjë, ne duam ta kuptojmë mirë, duhet ta kthejmë dhe ta shohim nga të gjitha anët, dhe jo ta shikojmë vetëm nga një anë e të ngulim këmbë pastaj që ajo gjë është ashtu siç na u duk nga ana që e shikuam. Tani miku im, zoti Protagoras Dhalla mendja juaj është krejt e ndryshme nga e adashit tuaj të shkëlqyer. Jini një njeri dogmatik; një njeri fanatik që besoni me krye të ngjeshur të gjitha ato që ju thanë në shkollë, duke bërë veshin e shurdhër për çdo pikëpamje të ndryshme. Mjekësia, siç e kuptoni ju, nuk është një dituri që zhvillohet lirisht dhe rritet përdita pa pengim, por është një fe me dogma të caktuara që s'duhen ngarë në asnjë mënyrë. Babai juaj, emër i tij qoft' i nderuar! Bëri një lajthim të madh kur ju quajti Protagoras. Duhet të ju kish dhënë emrin e nonjë shenjtori të mbarë, fjala vjen Theodhor, për nder të Theodhor Suditit, atij kallojeri të ngrysur e të tërbuar nga i cili kishin gjetur belanë dy nga më të zotërit mbretër të Bizantit, Leoni i V dhe Mikthaeli i II.

Dhe me këto fjalë dr. Gjilpëra u ngrit të vishet.

Të dy mjekët ballkanikë e kishin dëgjuar fjalën e dr. Gjilpërës herë me heshtje, herë me protestime, po më mb'anë me vërejtje. Bisedimet vazhduan pasi u ngrit dr.

Gjilpëra, po vazhduan me një mënyrë të palidhur shkel e shko. Kur dr. Gjilpëra vuri këmishën e brendshme, prej liri dhe pa mëngë, dhe brekët e shkurtra gjer më gju tërë prej liri, dhe pastaj mori këmishën e ditës, dr. Emrullahu bashkë me Protagoras Dhallën bënë një bërtim çudie.

-Aman, zoti doktor, - tha dr. Emrullahu, - s'paskeni fanellë?

-Ç'fanellë? Ç'doni të thoni? - pyeti dr. Gjilpëra i habitur.

-Këmishë prej fanelle, qirje jatre; do të plevitoseni, - bëri dr. Dhalla.

-Aman, zoti doktor, pa fanellë si mund të rrojë njeriu? - vazhdoi dr. Emrullahu.

Dr. Gjilpëra i shikoi me një sy të çuditur:

-Pse ju mbani fanellë? - pyeti.

-Haj-haj, zoti doktor, - tha dr. Emrullahu.

-Vevea, Zoto Jatro, - shtoi dr. Protagoras Dhalla.

Dhe që të dy ngritnë jelekun, dhe shfaqnë këmishë të brend- shme të trashë, tërë lesh.

-Shikoni unë mbaj dy fanella, - bëri me triumf dr. Protagoras Dhalla.

-Efendëm, unë mbaj tri, njërën mi tjatrën, dhe në mos besoni, ja tek është prova, - deklaroj me kryelartësi dr. Emrullahu.

Duke vazhduar së veshuri, dr. Gjilpëra, u dha përgjigjen:

-Unë, zotërinj, po të dua të vras veten, di mënyra më të shpejtme e më të ëmbla se të burgosurit e trupit në fanella qesharake. Kam dëshirë të rroj. S'kam nër mend të vdes përpara kohës, dhe s'dua t'i jap rast sëmundjes duke dobëtuar fuqinë qëndronjëse të trupit tim.

-Ine aidhia! - briti dr. Protagoras Dhalla.

-Aman efendëm, do të bëni mahvi vet veten, - protestonte dr. Emrullahu; - meshhur dr. Habibullah pashai mban fanella, dhe na thosh shumë herë se fanella është shpëtimi; dhe të mosmbajturit fanellë gajet myzir.

-Ahere, - tha dr. Gjilpëra, - ky Habibullah pashai meriion të varet kokëtatëpjetë.

Dr. Emrullahu u hodh në këmbë:

133

Faik Konica

-Halld ettin! - briti, - s'ka të drejtë të flaç ashtu për njeri alim dhe meshihur si dr. Habibullah pashai!

Dr. Protagoras Dhalla hyri në mes që t'i qetësojë.

-Unë s'jam i nxehur, - u përgjigj me gjakftohtësi dr. Gjilpëra, - thom vetëm dhe përsërit se ai, kushdo qoftë, i cili s'ka edhe kuptuar se era dhe dielli janë ilaçe dhe të mpështjellët e trupit të njeriut në fanella është një marrëzi barbarësh, ai nuk është mjek.

Bisedimet në mes të tre mjekëve, herë me të butë dhe herë me të ashpër, këtu me të qeshur dhe këtej me të ngrysur, vazhduan gjersa dr. Gjilpëra mori një shportë me mollë plot me lëng dhe ua paraqiti vizitorëve:

-Këto pemë, - tha, - m'i dërguan nga kopshti i tregtarit Zylfikar aga; janë mollë plot me lëng dhe me një erë çuditërisht të hollë dhe të këndshme. S'kam ngrënë kurrë mollë aq të mira. Urdhëroni.

Dr. Protagoras Dhalla dhe Emrullahu tundnë kryet me mospëlqim.

-Efharisto, s'dua, - bëri dr. Pratagora Dhalla.

-Meazallah! - protestoi dr. Emrullah. - Pemët japin ethe.

-Bah? - bëri me çudi dr. Gjilpëra, duke kafshuar një mollë. - Un' i dija pemët një nga mjetet më të sakta për të lëftuar ethet, ose, që të flas më mirë, për të lëftuar shkaket e etheve, se ethet vetë nuk janë sëmundje po shenjë sëmundjeje.

Dr. Emrullahu dhe dr. Protagoras Dhalla qeshnë.

-Nuk i dhamë karar meselesë së fanellës, - tha dr. Emrullahu.

-Malista, to zi ima të fanellës e lamë përgjysmë, - shtoi dr. Protagoras Dhalla.

Dr. Gjilpëra kafshoi një mollë të dytë:

-Në qoftë, - tha, - se sëmurem në një vend, ku ka pemë si këto dhe një diell aq të çuditshëm, atëherë s'ditkam gjë nga mjekësia. Të kthehemi tani përsëri te puna e fanellës.

Kafshoi mollën, fshiu buzët, u mejtua ca çaste.

-Njëditëzaj, - tha dr. Gjilpëra, - dola në Pazar të Tiranës, një shesh mësimesh për mua. Dhe tek po sillesha, pashë një plak me gjoksin të hapur, një gjoks i pjekur në diell dhe i shëndoshë posi çelniku. Fola me plakun. Qe një njeri i butë, i sjellë, buzëqeshur. Më tha se ish nga një fshat i largmë i quajtur Martanesh, dhe vinte dendur në Pazar të Tiranës duke e bërë kurdoherë në këmbë udhën e gjatë njëzet e katër orë për të ardhur e për të vajtur. U interesova shumë. E ftova të hyjmë në dyqan të Zylfikar agait dhe atje iu luta të më lejë ta vështroj. I urtë dhe i kuptuar, plaku më la ta këqyr; dhe ju thom një fjalë vetëm; që është zor të gjendet njeri me shëndet më të bukur se ai plak. Tani, zotërinj, ç'do të kish ngjarë sikur ky njeri të ish stërvitur që në vogëli me fanella? Kraharori i tij, në vend që të kish forcën e çelnikut, do të ish i butë dhe i dobët, një fole tërheqëse sëmundjesh.

-Po ç'do të ngjasë, araje, sikur një njeri, i mësuar me fanella, t'i heqë? - pyeti me gëzim dr. Protagoras Dhalla.

-Ja! Evet, ç'do të ngjasë? - shtoi dr. Emrullahu.

-Pyetja që më bëni, në vend që të më pengojë, më ndih, - ktheu dr. Gjilpëra, - njeriu i mësuar tërë jetën e tij me fanella, po t'i hedhë përnjëherësh dhe veçan në dimër, vë veten në rrezik. Po pikërisht atë dua të thom dhe unë, ndonëse e thom ndryshe. Përpiquni të hyni në thelb të problemit. Ju, mjekët e Ballkanit, në këtë si në shumë pikë të tjera, jini viktimat e pafajshëm të një propagande industrialësh. Do t'jua shpjegoj. Nga mesi i shekullit të nëntëmbëdhjetë fabrikantët e leshit e të pambukut, të ndihur nga ca mjekë të paguar, filluan një propagandë për të vetëqojturën nevojë të fanellës për shën- detin. Në Shqipëri, ku çdo gjë arrin, vonë, arriu më në fund dhe kjo propagandë, dhe sot dëgjoj se shumica e njerëzve këtu mbajnë fanella. Jam i mendjes se fanella është një nga arsyet e shëndetit të dobët në Shqipëri. Mos më thoni si të bëjnë ata që mbajnë fanella. Nuk është bisedim me rëndësi ai. Duhet të shikojmë më thellë, dhe të marrim nër sy hallin e atyre që s'kanë vënë edhe fanella, hallin e foshnjave. Ne duam një racë të fortë, në duam zhdukjen e sëmundjeve, duhet foshnjat t'i stërvitim të lozin gjysmë lakuriq në diell e në erë të paqme, që trupet e tyre të forcohen e të mos duan të dinë nga e ftohta, si plaku i Martaneshit që ju fola.

Dr. Protagoras Dhalla dhe dr. Emrullahu dëgjojin, të ngry- sur. Nja dy herë diç pëshpëritnë për Panepistimion ton Athinon dhe dr. Habibullah pashanë, po pa folur shquar. Dr. Gjilpëra mbushi me alkool llambën e vogël dhe vuri ujë të paqmë.

-Të marrim nga nji filxhan çaj, - tha.

-S'duam t'ju bëjmë behezur, - bëri dr. Emrullahu dhe dr. Protagoras Dhalla shtoi dhe ai ca fjalë oborrësie të zakonshme. Dr. Gjilpëra i dalldisur në mejtime, nuk vuri re, dhe si ndezi llambën dhe ujdisi ujët, u suall nja dy herë anë-mbanë të odës pa folur, pastaj vazhdoi në këtë mënyrë.

-Është afër mendsh që në Ballkan dhe veçan në Shqipërinë tonë, të mbetur në llom të kohës së Mesme, fuqia e diellit si shëronjës dhe shpëtimtar të jetë edhe e panjohur. Po çudia është që të jetë e panjohur dhe në Tiranë, në këtë Tiranë që është djepi i helioterapisë.

Dr. Emrullahu dhe dr. Protagoras Dhalla hapnë sytë pyetse. Dr. Gjilpëra vuri re habinë e tyre, dhe vazhdoi fjalën:

-Po, zotërinj helioterapia ka lindur në Tiranë; dhe në mos e dini, mësojeni. Një njeri zemërulur dhe i paditur nga librat, po plotë me atë dituri më të lartë që ca njerëzve të popullit ua fryn në zemër zëri i fshehtë e i thellë i natyrës, është i pari që përdori diellin si shëronjës dhe bëri provën e fuqisë shpë- timtare të diellit e të dritës. Ky pioner ish tiranas, tërë jetën e tij e shkoi në Tiranë, dhe emrin e kish Ali Bibi.

-U! Mos është ai i marri që gjezdiste fare lakuriq nëpër rrugët e Tiranës? - pyeti dr. Emrullahu.

-Pikërisht ai, - u përgjigj dr. Gjilpëra, - po i marrë s'ka qenë, jo i marrë, po thellësisht i urtë e i kuptuar, aq i kuptuar e i utë, sa hirma e paditur thellesinë e tij e quante marrëzi.

-E kam dëgjuar dhe unë, - bëri dr. Protagoras Dhalla dhe ia krisi të qeshurit bashkë me dr. Emrullahun.

Si u gajasnë cazë, dr. Gjilpëra vazhdoi së foluri:

-Është shumë lehtë të tallet njeriu, është më e rëndë të kup- tojë. Në viset ku dalin diamantet, ku shumë njerëz që, kur gjejnë ndonjë diamant të rrallë, po të trazuar me baltë dhe me guriçka, nuk e njohin dhe e hedhin. Pastaj, një ditë, del një njeri që e njeh, e merr, e qëron, e gdhend dhe guri i çmuar shkëlqen në tërë bukurin' e tij. Këto javë të pakta që kam ndenjur në Tiranë kam mbledhur mjaft fakte sa të bëj provën që Ali Bibiu është ^coai i helioterapisë. Në interesoheni në një pikë historie të diturisë, mund t'ju shtroj përpara faktet që kam mbledhur.

Dr. Emrullahu dhe dr. Protagoras Dhalla, jo pa një farë ironie iu lutnë dr. Gjilpërës t'u flasë për Ali Bibinë.

- Do të flas, por e di që do t'humbas kohën, - tha dr. Gjilpëra. - Mësoni se Ali Bibiu lindi më 1840 në Tiranë. Qe një çilimi thatanik dhe i dobët nga shëndeti, si gjithë njerëzit e shtëpisë së tij. Verdhanik dhe i sëmurë, Ali Bibiu e hoqi zvarrë jetën gjer 12 vjeç. Kur arriu në atë vërsë, e ëma, e cila duket se ka qenë mjaft e kuptuar në punët e shëndetit, po e lante një ditë djalin në një magje me ujë e sapun, dhe këtë banjë ia ipte në erë të hapur të oborrit, ahere ngjau një gjë e papritur dhe e çuditshme. Kur banja ish në mbaruar e sipër, Ali Bibiu, i cili ndonëse gjysmë njeri nga shëndeti ish i shquar, plot

140

me shpirt e me gjallëri, dhe kish këmbyer disa shakara me t'ëmën; Ali Bibiu u hodh nga magja, iku duke qeshur dhe nga kopsht' në kopsht u largua e u zhduk. E ëma kujtonte se kjo shaka e tepërt do të merrte fund, dhe priti me padurim të kthyerit e djalit. Po kur dita nisi të zgjatej, kur shkuan orë, dhe Ali Bibiu nuk dukej, e ëma hyri në merak të madh dhe thirri të afërmit e saj dhe fqinjët. U përndanë ca këtej, ca andej, dhe nisnë kërkimet nëpër udhët e nëpër kopshtet e Tiranës. Dy a tre nga kërkonjësit e gjetnë më në fund në një lëndinë, afër rrapit të vjetër që rron edhe sot, dhe ja si e gjetnë: Ali Bibiu, lakuriq siç kish shpëtuar nga magjia shtrihur në bar dhe këndonte duke u ngrohur në diell. Posa i pa njerëzit, u ngrys, u hodh më këmbë, dhe u sul të ikij, po e zunë dhe e shpunë me zor në shtëpi. Atje e ëma e qortoi, e rrahu pak, pastaj e përkëdheli; djali u bind në të gjitha me përulësi. Po kur e ëma nisi ta veshë, Ali Bibiu shfaqi kundërshtimin më të gjallë. Nuk desh në asnjë mënyrë të qasë rrobat. Dhe kur e veshnë me ndihmën e disave, Ali Bibiu i nxori shpejt dhe i flaku petkat dhe mbeti përsëri lakuriq. E veshnë ashtu disa herë me pahir, dhe gjithnjë Ali Bibiu i nxirrte me shpejtim rrobat. As fjalët, as frikësimet nuk e bindjin të rri veshur, as hapte gojën të përgjigjej; në çdo gjë tjatër, ish i bindur. Më në fund u lodhnë dhe e lanë. Si perëndoi dielli dhe u ngrys e ëma shtroi tryezën, dhe Ali Bibiu u ul pranë saj lakuriq në vendin e zakonshëm të tij, hëngri pa folur puthi t'ëmën dhe shkoi të flejë. Vjetë me radhë e ëma i tregonte me mallëngjim hollësitë e kësaj historie, e cila për zemrën e saj ish një tragjedi e thellë. Ali Bibiu, atë natë, hyri në shtrat, u mbulua me jorganin, dhe bëri një gjumë të qetë e të ëmbël. Po të nesërmen. Me të gdhirë, kur njerëzit e shtëpisë edhe po flijin, u ngrit me ngadalë dhe doli lakuriq jashtë; shëtiti nga lëndina në lëndinë, atje ku kish zënë dielli, dhe thekte trupin e tij duke kënduar. Kur e merrte uria, kthehej në shtëpi, hante një copë, dhe dilte përsëri lakuriq në erë e në diell. Në krye, tiranasit çuditeshin dhe s'dijin se ç'të bëjin e se ç'të thoshin. U përpoqnë disa herë ta veshin, por më kot. Pak nga pak, nisnë të mësohen dhe të mos kujdesen më. Edhe prindërit e tij, ndonëse me zemër të thyer, iu bindnë fatit dhe e fjetnë mendjen. Këto ngjanë në verë të moti 1852. Në të hyrë të vjeshtës, kur nisnë të ftohrat e para, bota prisjin se ç'do të bënte Ali Bibiu. U habitnë të gjithë duke parë se as shiu, as dëbora, as breshëri, nuk e shtrënguan të heqë dorë nga jeta e tij. Kohë e bukur, e kohë të tmerrshme, Ali Bibiu shëtitte nëpër luadhet e nëpër kopshtet aq lakuriq, sa çasti kur ish lindur. Vetëm natën kthehej në shtëpi, hante, mbulohej dhe flinte. Kur e zente errësira larg shtëpisë së tij, hynte në çfarëdo shtëpi që të ndodhej afër, dhe tiranasit zemërbardhë i jipnin të ngrënët dhe një mbulesë të ngrohtë. Ashtu shkuan vjeshta dhe dimri. Dhe posa verë e parë, e veshur me gjethe e me lule, zbriti buzëqeshur nga mali i Dajtit, Ali Bibiu e përshëndoshi përsëri diellin e tij të dashur dhe nisi të thekë trupin duke kënduar. Populli e shikojin me sy të mallëngjyer e të mirë këtë djalë të pafajshëm, dhe i jipnin të hajë; ca për të pirë, Ali Bibiu vente vet në burimet dhe pinte duke vënë gjunjët mbi dhë e duke ulur buzët dreq për dreq në

ujët e kulluar. Kur shkoi muaji i qershive dhe hyri muaji i të ^orrave, ngjau një gjë e çuditshme.

Dr. Gjilpëra qëndroi, shtiri ujët e përvëluar mi poçen e çajit.

-Çaji omos, - tha dr. Protagoras Dhalla, - është i dëmshëm.

-Në qoftë i dëmshëm, - u përgjigj dr. Gjilpëra, - mos e pini.

-Pse, efendëm axheba nuk është myzir? - pyeti dr. Emrullahu.

-S'kam durim për mendime të atilla! - bëri dr. Gjilpëra. - Çaji i marrë me shumicë, mund të jetë, është i dëmshëm. Po nja dy filxhanë këtu-atje7 ç'dëm mund të bëjë? Njeriu, me veshjen e tij, mban dritën e diellit larg lëkurës së trupit, me të ngrënat e tij të gatuara e të trazuara. Mbush trupin për brenda me helme. Tërë jeta e tij, që kur hoqi dorë nga natyra, që kur doli nga pyjet dhe u mbyll në qytetet e në shtëpitë, nuk është veçse një lajthim i rregulluar për të prishur shëndetin dhe për të shkurtuar ditët. Dhe këtij njeriu që mbytet në mes të valëve, ju i thoni të ruhet nga një pikë vese! Pse të merreni me dëmet e lehta të kafesë e të çajit para se ta shpëtojmë njerinë nga rreziqet e rënda që i kalbin gjakun dhe i shkallmojnë themelet e jetës së tij?

-Paradhokshën, paradhokshën! - tha dr. Protagoras Dhalla.

Dr. Emrullahu diç pëshpëriti mi Habibullah pashanë.

-Fjalët që ca mjek përhapin kundër çajit, - vazhdoi dr. Gjilpëra, - më sjellin çdo herë nër mend ata gjykatësit që dërgojnë në burg një djalë i cili ka vjedhur një molië ose një simite, po lënë të lirë një bankier-hajdut, i cili me dinakëri ka rrëmbyer miliunë.

Këtu dr. Gjilpëra, mori poçen, tha:

-Çaji u bë, - dhe mbushi filxhanët. Pastaj zgjati sheqerin duke thënë: - Urdhëroni nga një copë helm, zotërinj.

Të dy mjekët u çuditnë.

-Po, - shtoi dr. Gjilpëra, - sheqeri i bardhë, sheqeri i kulluar quhet prej shumëve një helm, dhe ata që e quajnë ashtu pësh- teten mi këtë: që sheqeri tharton dhe zien të ngrënat në stomak dhe ashtu prish gjithë dobinë e tyre. Këta kundërshtarë të sheqerit të kulluar e të bardhë këshillojnë në vend të tij. të përdorurit e sheqerit natyral e të kuq ose më mirë të përdorurit e mjaltës. Po siç duket, zotërinj kishit dëgjuar fjalë të liga për çajin e për kafenë, po jo për sheqerin artificial që është njëqind herë më i dëmshëm.

-Kur qenka ashtu, axheba pse nuk e prisni sheqerin vetë? - pyeti dr. Emrullahu.

-E përdor shumë rrallë, - u përgjigj dr. Gjilpëra, - nja tri a katër copë të vogla ditën, jo më tepër. Se mendimi im është ky, jeta e njeriut nga largim në largim prej natyrës, është bërë nën çdo pikëpamje një gjë artificiale, një gjë e ujdisur dhe e lajthitur. E vetmja shpresë e shëmbëllimit, tani është jo në një kthim të plotë e të pamundur të natyrës, po në një të ndrequr të ngadalshëm të lajthimeve të ngrënies e të rrojtjes.

Vazhduan bisedimet duke pirë çaj.

-Të kthehemi të Ali Bibiu, - tha dr. Gjilpëra. - Ndonjë mot pas ngjaqes së parë, ky djalë i sëmurë dhe gjysmak gjer ahere u ndryshua si me nonjë magji përralle. Kockat iu ndreqnë; mishrat e thekura në dritë të diellit iu rritnë, iu plotësuan; trupi i tij lulëzoi me një bukuri të hijshme e të fortë. Dhe kur vërtetohej kjo mrekulli? Më 1853, domethënë afro 40 vjet para se dr. Finsen-i dhe pastaj dr. Grollieri të bëhen apostuj e diellit si shëronjës. Do të thoni se Ali Bibiu s'dinte se ç'bënte. Pa fjalë, Ali Bibiu nuk ish veçse një djalë i paditur, jo një savant me teorira të thella. Po kush mund të thotë se ai djalë i përulur i popullit nuk ish i shtyrë nga nonjë zë i fshehtë i natyrës?

1924

Faik Konica

KOMENT
DOKTOR GJILPËRA ZBULON
RRËNJËT
E DRAMËS SË MAMURRASIT

Vepra më e rëndësishme letrare e Konicës
është proza e gjatë "Doktor Gjilpëra zbulon
rrënjët e dramës së Mamurasit". Ndonëse e
papërfunduar, ajo përfaqëson tiparet më
karakteristike letrare të Konicës dhe vlerat e
tij si shkrimtar në përmasa të gjera.

"Doktor Gjilpëra", u shkrua dhe u botua në
gazetën "Dielli" në vitin 1924. Ishte koha kur
kish triumfuar Revolucioni i Qershorit dhe
në gjirin e shoqërisë shqiptare zhvillohej një
luftë e ashpër politike, para saj shtroheshin
probleme jetike si: zgjidhja e formës së
regjimit, reforma agrare, demokratizimi dhe
modernizimi i aparatit shtetëror,
emancipimi kulturor kombëtar etj. Vepra e
Konicës është pjellë e kësaj kthese
socialhistorike që sapo niste në jetën e
popullit tonë. Autori mori shkas nga vrasja

e dy qytetarëve amerikanë në Mamuras, krim të cilin e organizoi reaksioni feudal. Kjo ngjarje do të zgjonte idealet liridashëse dhe iluministe të shkrimtarit dhe do ta frymëzonte atë në krijimin e një vepre, që do të hidhte dritë dhe do të përgjithësonte realitetin shqiptar bashkëkohor.

Çdokush sapo lexon këtë vepër kupton se heroi i veprës është doktor Gjilpëra, ai është një intelektual i ri shqiptar, i rritur larg vendit të tij, i cili pasi kryen studimet për mjekësi në Rusi e Suedi ndodhet para alternativës: të qëndrojë jashtë, ku e pret një karrierë plot prespektivë, apo të kthehet në atdhe e të ndihmojë në mëkëmbjen e tij, veçanërisht në përmirësimin e shëndetit të popullit. Dashuria e tij për vendlindjen triumfon mbi interesat vetjake dhe ai vendos të kthehet në Shqipëri.

Autori duke ndjekur vijën e jetës së heroit do të na e për- shkruajë atë në dy etapat kryesore: koha e qëndrimit jashtë atdheut dhe koha e ardhjes në Shqipëri. Në qoftë se etapa e parë, është njohja jonë me doktor Gjilpërën, etapa e dytë, që përbën dhe trungun e kësaj vepre është pjesa më e rën-dësishme, që mbart dhe mishëron idetë e shkrimtarit. Jeta e heroit larg atdheut është dhënë në plan përshkrues, duke na dhënë episode dhe gjendje të ndryshme shpirtërore, që nxjerrin në pah natyrën, interesat dhe karakterin e intelektualit shqiptar. Ai është në radhë të parë, atdhetar, njeri me kulturë të gjerë, mjek i pregatitur dhe human, person i zgjuar, plot vullnet dhe veridosmëri. Janë të gjitha këto cilësi, që e bëjnë atë të marrë vendimin për t'u kthyer në atdhe.

Por, kthimi në Shqipëri e vendos doktor Gjilpërën përballë një realiteti tronditës, dhe shtron para tij probleme që përfshijnë pamje të ndryshme të jetës shqiptare. Brenda një kohe të shkurtër, ai do të njihet me gjendjen e mjeruar të popullit shqiptar, me padrejtësitë që janë bërë e që ende vazhdojnë të bëhen në kurriz të tij. Ai njihet me aparatin shtetëror dhe nënpunësit e tij injorantë e anadollakë, ku mbizotërojnë arbitrariteti, drama, intrigat. Në këtë shtet tragjiko-komik, opozitën e përbëjnë njerëz që s'kanë asgjë të përbashkët me ligjin dhe moralin.

Vendin kryesor në vepër e zënë raportet që vendos doktor Gjilpëra me kategori të ndryshme të shoqërisë shqiptare. Në këto marrëdhënie zbulimi social-psikologjik që bën autori, është i ndërsjelltë, nga një anë jepet gjithnjë e më qartë karakteri dhe botëkuptimi i doktor Gjilpërës, ideali i një njeriu evropian, atdhetarizmi dhe humanizmi i një njeriu të emancipuar; ndërsa nga ana tjetër, vizatohen figura të ndryshme të qarqeve zyrtare të parisë së rretheve intelektuale. Figura e doktor Gjilpërës del mjaft e qartë sidomos kur ajo vendoset përballë dy kolegëve të tij, dr. Emrullahut dhe dr. Protagor Dhallës. Më shumë, se në rrethana pune, lexuesi do t'i njohë ata në biseda e debate, si tipa shoqërorë të kundërt me heroin, me koncepte dhe praktika të ndryshme mjekësore. Ndërsa doktor Gjilpëra, është njeriu i mjekësisë moderne, partizan i natyrës, i helioterapisë; ai mendon se natyra është mjeku i parë i njeriut. Dy mjekët e tjerë paraqiten anakronikë, mishërim i dogmës së prapambetur mjekësore, të shkëputur nga jeta dhe parimet e shkencës. Bota e vjetër në këtë vepër përbëhet jo vetëm nga dy mjekë, por dhe nga figura të tjera negative. I tillë është edhe ministri Salemboza, përfaqësuesi tipik i forcave të prapa- mbetura e antikombëtare, tip i tiranit anadollak, intrigant e dinak, por njëkohësisht i zgjuar e i shkathët.

Ndërsa mjedisi dhe mendësia orientale e parisë së krye- qytetit gjejnë shprehjen e tyre në figurat e agallarëve tiranas siç janë: Muhedin agai e Zylfikar agai.

Në atmosferën e zymtë të jetës shqiptare të kohës autori ndesh dhe njerëz të mirë, të dalë nga populli, që ngjallin simpati e nderim. Mbeten të paharruara në mendjet e lexuesit dy vajzat fshatare, plaku nga Martaneshi, polici i doganës që ndihmon dr. Gjilpërën, Arifeja, Ali Bibi. Megjithë një lloj skepticizmi që ndihet në paraqitjen e tyre, ata dalin në një dritë të ngrohtë, me vlera të vërteta njerëzore, me bukuri e pastërti shpirtërore, me zakone fisnike. Mendimi i shkrimtarit është se populli, duke qenë i paditur dhe i papërpunuar, ka nevojë të stërvisë shpirtin dhe mendjen.

"Doktor Gjilpëra", është një vepër e fuqishme satirike. Duke pasur parasysh realitetin e rëndë shqiptar, mendësitë dhe jetën e prapambetur, autori u kundërvihet atyre, i tall dhe i godet pa mëshirë. Qëndrimi ideoemocional mohues bën që në faqet e veprës të ndihet tallja dhe ironia, satira dhe sarkazma. Ata shfaqen e mishërohen me forcë artistike në skena dhe perso- nazhe, në situata dhe portrëte tepër të goditura. Përdorimi mjeshtëror i detajit, plasticiteti i gjuhës, ngjyrimet që merr fjala, e bëjnë satirën e Konicës, origjinale e të natyrshme.

Tema dhe problematika e mprehtë shoqërore, fryma mohuese e disa prej dukurive shoqërore dhe notat e fuqishme satirike e bëjnë "Doktor Gjilpërën", një vepër me tipare të shquara realiste.

Nga pikëpamja kompozicionale, edhe pse vepra është e papërfunduar, në të janë hedhur linjat kryesore dhe është përcaktuar thelbi i figurës së heroit. Mund të themi se kjo vepër përbën hyrjen e një romani që Konica, për arsye të cilat ne nuk i dimë, nuk e çoi deri në fund.

Gjuha e Konicës është e pasur, e fuqishme, me ndërtime e struktura sintaksore të bukura shqipe. Konica ka zbatuar parimin e ekonomizimit të fjalës, të lakonizimit të saj, duke synuar hijeshinë, saktësinë, thjeshtësinë dhe elegancën.

Prozë e Zgjedhur

Faik Konica

KATËR PËRRALLAT NGA ZULLULANDI
Një ambasadë e Zulluve në Paris

Zullulandi, siç e dini, është një vend në Afrikë të Lindjes. Njerëzit që rrojnë atje, zullutë, janë negër të mëdhenj dhe të fortë, të egër dhe të tërbuar, gjakpirës me famë, që nga Tunuzi dhe gjer në Transval. Rrota e Fatit, e cila bëri të lirë aq popuj që nuk e meritonin, u zgjoi edhe zulluve oreksin për vetë- qeverim. Dhe ashtu, një ditë vere, na zbriti në Paris një negër, i ngarkuar nga bashkëvendësit me misionin që të punojë për lirinë e Zullulandit. Ky njeri, i quajtur Denizullu-Serpe, kish udhëtuar në Afrikë të Veriut, dhe kish qenë ca kohë shërbëtor i Dervishëve të Sudanit, ku, prej afrimit të sklievërve inglezë dhe frëngj të zënë që në kohë të Gordonit, kish mësuar mjaft fjalë nga të dy gjuhët e tyre. Si u prishnë Dervishët në Khartun dhe në Omdurman, Denizullu-Serpia u kthye në Zulluland, ku menjëherë fitoi, s'dihet se si dhe pse, një emër të madh si diplomat dhe njeri i ditur. Po këto janë misteret e Afrikës.

Në Paris, Denizullu-Serpia u bë për pak kohë lodra e qarqeve politike; se njerëzit më

seriozë kanë nevojë të çlodhin mendjen me
tallje; dhe kur një grup diplomatësh, të
mërzitur nga puna e rëndë, dojin të
zbaviteshin pak, dërgojin dhe thërrisjin
Denizullu-Serpen. Ky vinte me një
kryelartësi të madhe, dhe të nesërmen
gatiste një raport për suksesin e tij.

Pasi ndenji ca muaj në Paris, Denizuliu-
Serpia deshi të shkojë edhe pak ditë në
London; dhe para se të niset, e lajmëroi
ministrin fëng të Punëve të Jashtme me
këtë biletë:

Ekselans Mossio Minister,

*Moi Ambassador par Zoulouland vouloir fer
voiyaj Londr pour endepandans Zoulouland, e
moi etre certen sukse epatan, e moi pendan
absans ramplassë moi kom ambassadriss la
inetress de moi Fanchon, e moi prië vou aksepte
salutassion de moi.1[1]*

---

[1] *Ekselas zotëni Ministër,*
*Une, ambassador Zullulland desha bëj udhëtim në
Londër për pavarësi Zullulland e unë jam sigurtë
sukses shkëlqyeshëm e unë gjatë mungese caktoj
zëvëndëse si ambasadoreshë ime Fasho e unë lutem ju
pranon përshëndetjet e mia*

Denizullu-Serp

DENIZULLU-SERPE   *Ambasador*   *par*
Zoidouland

Ministri me sekretarin e tij u grisnë së qeshuri. Ministri i porositi sekretarit të mos bëjë ndonjë përgjigje, po ku, posa gjeti një rast, shkruajti fshehtazi këtë biletë:

A Son Excellence Monsieur l'Ambassadeur du Zoulouland. Monsieur l'Ambassadeur,

Je ne manquerai pas de remettre votre note a M. le Ministre des Ajfaires Etrangeres, moi chef, en ce moment - ci absent. En attendant, permettez-moi, Monsieur l'Ambassadeur, de vous faire des compliments sur l'elegance de votre stylefrancais, qui revele, en mëme temps qu'une connaissance approfondie de notre langue: votre maniëre d'ëcriture estun modele accompli de ce qu'on a apelle l' ëcriture artistëe.

Si Votre Excellence le permet, j'inviterai un de ces jours, Mlle

Fanchon a souper au Moulin Rouge.

Veuillez agreer, monsieur l'Ambassadeur, l'assurance de ma haute consideration.

Ambasador Zullulland

Par le Ministre des Affaires Etrangeres,

DOPUNT, chef du cabinet[2]

---

[2] *Zoti Ambasador*
Nuk do të lë pa ia dorëzuar notën tuaj Ministrit të
Punëve të Jashtme, shefit tim, që tani nuk ndodhet
këtu. Ndërkaq, më lejoni zoti ambassador,
komplimentat e mija për elegancën stilistike të
frëngjistes suaj, c'ka zbulon krahas një njohje të thellë
të gramatikës sonë dhe një ndjenjë shumë të hollë për
imtësitë e gjuhës sonë; mënyra juaj e të shkruarit
është një gjedhe e përkryer e asaj që quhet shkrim
artistic. Po te më lejojë shkëlqesësia juaj, këto ditë unë
do të ftoj zonjushën Fasho për drekë në Mulë Ruzhë.
Pranoni, ju lutem zoti Ambasador, sigurimet e
konsideratës time më të lartë.
Për ministrin e Punëve të Jashtme
Dopun – Shef I kabinetit
[3] *Zotit kryeminister te Anglise.*

Unë, ambasadori i Zullidandit kam ardhur këtu
për Londrë për të kërkuarë nga ju pavarësinë e
Zullulandit, dhe ja ku po jua a them, o Zot, po
nuk na dhatë ne pavarësi, punët do venë keq e
keq dhe mendoni mirë, e ta dini se unë e dua
shumë paqën, pra mbetemi me
respekt,Denizullu-Serpe

Ambasadori nga Zullulandi nëParis

I kënaqur dhe kryelartë nga përgjigja që mori, Denizullu- Serpia shkoi në London, dhe me të zbritur në hotel, dërgoi këtë letër në Downing street:

To Sir Praim Minister ov Ingland

Sir Praim Minister,

Me is de ambasador ov Zululand, and me come hir in Londonfor ask you independends to we, and dink it over. Sir Praim minister, becoz situashn am serios, so you dink well, and me is lover ov peas, so me remain wid respekct.

DENIZULLU-SERPE Ambassador from Zululand to Paris. [3]

Kryeministrit i qeshi pak buza kur e këndoi notën e Denizullu-Serpes, edhe thirri sekretarin e veçantë të tij, lordin Eduard Merrytune. "Lord Eduard, - i tha,- ja një copë proze të bukur. Juve që ju pëlqen stili i gdhendur, do t'ju kënaqë shumë: si ta këndoni, bëjini përgjigjen që Guverna e Madhështisë Tij do ta këqyrë me mirësi kërkesën e zulluve". Lord Eduardi mori kartën, u fal edhe dolli. Lord Eduardi ish njeri shumë serioz, po kish edhe sense of humor, dhe i pëlqente shakaja. Drejtori i librarisë botonjëse "Murray" ish miku i tij dhe kërkonte që prej kohe një editor të zotin për një edicje kritike të veprave të shkronjësit Walter Pater, i cili është më i madhi stilist i gjuhës inglise në kohët moderne. Lord Eduardi zuri telefonin dhe lajmëroi, me një zë të rëndë, drejtorin e shtëpisë "Myrray" që një kritik, gjer tani i panjohur, i quajtur Denizullu-Serpe, ekspert në tërë hollësitë e gjuhës inglise me gjithë emrin ekzotik të tij, ish njeriu i rrallë i kërkuar prej aq kohe për të edituar veprat e Walter Paterit. Pastaj mori pendën dhe shkruajti këtë biletë:

Sir,

I am instructed by the Prime Minister to acknozoledge the receipt of your letter, and to assure you that His Majesty's government zuill give your request the most careful consideration.

I remain, sir, yours respectfidly,

EDVJUARD MERRYTUNE

Private Secretary to the Prime Minister.

To Denizulu-Serpe, Esq. [4]

Të nesërmen, ambasadori i Zulluve e këndoi me gëzim letrën e lord Eduardit, gëzim i cili u shtua gjer në brohori, kur hapi këtë letrë të dytë:

MYRRAY AND CO.

PUBLISHERS

Sir,

We have it on good authority that you are a refined and scholarly though unknoivn critic, and a passionate studeni of Walter Pater's ivritings. It so happens that zve have been planningfor some time to issue a critical edition ofthegreat English essayist's complete zvorks. Wouid you eventuaily consider an offer to undertake that edition? *Awaiting with impatience an answer, we remain, Sir, Yours sincerely,*

---

[4] Zotëri,
Jam I udhëzuar nga kryeministri, t'ju bëj të ditur për marrjen e letrës suaj dhe t'Ju siguroj se Qeveria e Madhërisë së Tij, do t'I kushtojë kërkesës suaj vëmendjen më të plotë.
Mbetem, zotëri me respect
Eduard Merrytyne
Sekretar Personal i Kryeministrit
Për Denizullu Serpe, Esq

MURRAY AND CO.

To Denizulu-Serpe, Esq. [5]

Si vërshëlleu dhe kërceu dhe këndoi dne u hodh, ambasadori i ra ziles edhe thirri shërbëtorin e hotelit.

-A e di, - i tha, - kush është arte ku rri Uoiter Pejteri?

-Jo, zot, s'di, po do të shkoj të gjej emrin e tij në libra të telefonit.

-Mirë. Mos më bëj të pres shumë!

Dhe ndejni në tryezë, edhe shkruajti një raport të gjatë në Zullulland, e bashkë me

---

[5] *Murray dhe Ko*
Botues Zotëri
Kemi të dhëna se ju jeni një kritik I zoti, I zgjedhur dhe I shkolluar, ndonëse I panjohur, si dhe një studiues I apasionuar I Uolter Pejterit. Ne kemi në plan që pas njëfarë kohe, të bëjmë një botim kritik të veprave të plota të eseistit të madh anglez. Mund ta merrni në konsidertatë ofertën tinë oër t'u marrë me nje botim të tillë?Duke pritur me padurim një përgjigje, mbetemi sinqerisht tuajët, zotëri,
Murray dhe Ko,
Për Denizullu-Serpe, Esq

raportin dërgoi edhe nga një kopje të letrave që kish marrë.

***

Kur arrijtin në Zulluland, dy muaj pastaj, raportet nga Londoni dhe nga Parisi, një valë gëzimi shkoi anembanë të populiit, dhe krerët e partive vendosnë të thërresin një mbledhje të madhe për të biseduar e për të kremtuar iajmet me rëndësi nga kryeqytetet e Inglisë dhe të Francës.

Ditën e caktuar, nisnë, nga brigjet dhe nga fushat, të rrjedhin togie-togie negrë me bandiera. Duke kënduar këngë kom- bëtare. Këto, për një njeri që dinte burimin e tyre, ishin fare të papritura në kuptim të ri që u kishin dhënë Zullutë. Në acaz këngësh për të pirë a për të qeshur, Zuilutë e gjorë kishin uidisur fjalë patriotike dhe iuftare, fjaië si të çuditura nga ky afrim.

Mbledhja do të mbahej në një shesh të madh, të shtruar nga natyra me një bar të dendur dhe të shkurtër. Një grup u qas duke kënduar me enthusiazmë të madhe: *Come, Josephine, in my flying machine!* [6] Me sy

---

[6] *Eja Zhozefine në makinën time fluturuese*

të zgurdulluar dhe me çape madhështore,
këndonjësit arrijtin:

Hop-hop, me pallën të zhveshur!

(Up-Up, a little bit higher!)[7]

Fesh, bam, me dufek të naezur!

(Oh, my! The moon is in fire!)[8]

Një grup i dytë vazhdoi me një këngë
patriotike mi avazin *Can' you see l am a
baby?* [9]Luftarët e entuziasur po e mbushjin
sheshin. Një grup tjetër u sul duke kënduar
për lirin e atdheut mi.

Adeie,

Tes belle!

J'aime tesgros nichons,

Folichons!

T'es ronde,

T'es blonde, etc.

---

[7] *Lart-lart një çikë më lart*
[8] *O zot ! Hëna ka marrë flakë*
[9] *Nuk e sheh që jam një foshnjë*

Një tjatër grup pra, ia mbushi një kënge për sulmin e trimave në luftë, mi avazin *A mysterious rag.*

I ulur mbë një shpellë, rrinte mënjanë një negër i ardhur në shesh nga të parët. Ish njeri mesatar, më afër të pesëdhjetave sesa të dyzetave. I stërvitur në një kolegj protestant në Cape- Town, kish mësuar letrat e bukura klasike dhe moderne, kish udhëtuar në Evropë, dhe, autodidakt i palodhur, e quante veten student dhe këndo-nte përditë libra të thellë, sado që kish arrijtur në prag të pleqërisë me një kulturë të rrallë. Kish një fjalë gjithnjë në buzët: "Vetëm gjysmë të mësuarit, - thosh, - kujtojnë se i kanë mbaruar mësimet". Ky negër i çuditshëm, i quajtur Plug, ish krijonjësi i vërtetë i lëvizjes kombëtare në Zulluland; këtë fakt e dijin të gjithë, po shumica e madhe mohojin, duke hedhur emra negrësh të tjerë, të dalë më përpara me atë mendim në Zulluland. Po Plugu vetë interesohej aq pak te fama, sa përtonte edhe t'u japë të kuptojnë negrëve ndryshimin me themel në mes të lëvizjeve që ishin përpjekur zullunj të tjerë të nisin më përpara: e tija, lëvizje sistematike, idealiste dhe krijonjëse, për të kthyer zullutë nga një turmë e përgjakur në një komb me dinjitet dhe me balancë: të tyret, lëvizje kur-të-mё-teket, dhe lëvizje tribale për të mbrojtur tribunë e zulluve nga tribu të tjera të Afrikës.

Plugu, kur ish në Evropë, kish kuptuar mirë se ç'mendim ushqente bota e qytetëruar për zullutë; shumë herë i tronditej shpirti kur këndonte a dëgjonte gjykyme, dhe javë me radhë i mbetej si një gjemb i brendshm, që e shponte, i dhembte e i nxirrte gjumin. Dhe që në djalëri kish vendosur një vepër të madhe: ta bëjë Zullulandin një vend të bashkuar, të lirë, të qytetëruar e me nder. Besnik te vetvetja, iu vu punës, dhe asnjë pengim, asnjë lodhje s'e kish mbajtur nga vija e parëshënuar. Po ku kish ëndërruar të dalë dhe ku dolli! Avazet "patriotike" që dëgjonte e dëshpërojin, si një simbol i shkallës kulturale të zulluve, po s'rrëfente nonjë shenjë mërzie në fytyrë.

Një grup i madh po afrohej tani me këngën më të zjarrtë të Zullulandit, këngë në avaz të *"I Love lassie, a bonny, bonny lassie"*. [10]

Ne jemi trima,

---

[10] *Unë dua një vashëz, një vashëz të shëndetshme*

Edhe dalim nga vrima

Zër' i Zullulandit kur na thërret!

Jemi luftëtarë pa frikë.

Me shigjet' ose me thikë

Dora jon' e fortë, vret!

Kjo ish si Marsejeza e Zulluve; dhe kur e dëgjonte, turma ndizej dhe egërsohej nga entuziazma. Edhe grupet që kishin ardhur më parë në shesh, u bashkuan ahere me atë që afroheshin, dhe të gjithë me një zë nisnë prapë:

Ne jemi trima etj.

Plugu dëgjonte duke heshtur dhe me një hije trishtimi të fshehur. Ç'fat i çuditshëm për këtë këngë! A i shkonte kurrë në mendje Lander-it se kënga e tij do të entuziaste një ditë tërë një popull, do të shpinte ushtarë në luftë dhe do të fitonte beteja? Plugu kish ëndërruar për zullutë nonjë këngë madhështore, të shkruar me porosi prej nonjë muzikanti të madh, ndofta nga Debussy-u a nga Richard Strauss-i. Po negrit s'i kishin vënë veshin: dhe kishin pëlqyer të adaptojnë këngë inglize dhe frënge, të prura nga zullunj të vajtur si

169

qymyrxhinj në vaporë nga Durban-i dhe nga Cape Town-i në Liverpool e në Marseille. Këngë të dëgjuara nga naftë të dehur a nga kurva zhurmonjëse në ca kafene të errëta të limaneve. Po ç'faj të kanë këngët, kur janë të zonjat të bëjnë mrekullinë e mrekullive: të zgjojnë entusiazmën luftare? Ndofta, fajin e kish ai, jo negrit e tjerë. Zulluve u pëlqen Adela, - *T'es belle;*[11] pse t'i shtrëngosh të gjorët të dëgjojnë me zor Sinfoninë Heroike të Beethoven-it? Sicilido oxdjen e tij, mejtoi Plugu duke psherëtitur; pa dyshim shija e zulluve të mi është pak e ulu, por fund' i fundit, nuk jemi negër?

Këto mejtonte Plugu, kur u bë një heshtje e përgjithshme: Dy grupe vijin me madhështi, duke prurë sicilido nga një Perëndi prej druri, të dy idhullat që e ndajin Zullulandin në dy fe të mbëdha. Njëra Perëndi ish prej borige, tjetra prej selvie. Që të dyja ishin skalitur në kërcunj të prurë nga pyjet e Palestinës prej vaporesh inglize, që bëjnë udhën e Suezit gjer në Afrikë të Jugut. Po këto dy Perëndi të prera në një pyll dhe aq të afërme nga natyra e drurit, u dukeshin

---

[11] E bukur je

zulluve fare të ndryshme dhe kishin shumë herë shkaktuar zënka dhe derdhje gjaku.

Si u vendosnë idhullat me një respekt të madh, u ngrit një plak edhe e deklaroi mbledhjen të hapur.

- Mbledhja e sotme, zotërinj, - tha Plaku, - është një ditë gëzimi dhe lavdie, që do të mbetet e paharruar në histori të Zullulandit. Dy mbretëri të mëdha, Franca dhe Inglia, na nderojnë dhe na duan. Në pastë dyshime nonjë prej jush, do t'i hiqen kur t'i shtrojmë përpara dokumentat.

Dhe, me të thënë këto, thirri një djalë, i cili kish luftuar katër vjet si ushtar i kolonive nëpër fushat e Champagnes dhe kish mësuar pakë të këndojë. Djali lëçiti më parë biletën e sekretarit të ministrit të Punëve të Jashtme të Francës, Dupont, dhe si e lëçiti frëngjisht, e përktheu edhe në gjuhë të zulluve. Menjëherë u shkëput një furtunë brohorie; ca ulërijin, ca këndojin, ca kërcejin, duke përpjekur duart.

Kur pushoi pak entuziazma, negri ghuhë shumë këndoi dhe pastaj zulluloi letrat e lordit Eduard Merrytyne edhe të shtëpisë botonjëse "Murray". Këtu u ngritnë të gjithë në këmbë edhe nisnë, duke përpjekur duart me ritme, një valle rreth e rrotull të dy Perëndive prej druri; pastaj, në kulm të dehjes patriotike, luftëtarët zhveshnë pallat, dhe të përcjellurit nga të qëlluarit e matur të nja pesëdhjetë çekaneve mi tepsi prej bakëri, ia mbushnë të gjithë këngës madhështore:

I love lassie:

Nejemi trima.

Edhe dalim nga vrima etj.

Vetëm një njeri rrinte pa lëvizur, me syt të mbyllur, edhe kryeulur. Na duket (i britnë, me një zë, një grup negrish) se nuk je i kënaqur! - Është tradhëti, sokëllitnë ca të tjerë. - Le të japë shpjegime, le të flasë! - thirrnë një tok negrish i tretë.

Dhe Plugu (se ai ish) ngriti dorën e djathtë që të kërkojë heshtje:

"Nuk mohoj aspak, - tha, - që s'jam i kënaqur, por jam i helmuar, i plagosur në thellësi të zemrës. Po të merrjit vesh kuptimin e vërtetë të letrave, do të derdhjit lot dëshpërimi, në vend që të kërcejit valle. Përgjigja e frëngut është një tallje sheshit. Ajo e diplomatit ingliz, s'ka nonjë rëndësi

fare: është një nga përgjigjet e zakonshme
që govema e Londonit i dërgon çdo letre,
nga çdo anë që në vaftë. Sa për atë të
botonjësit "Murray", ajo shtëpi e dëgjuar
është, pa dyshim, viktimë e një shakaje.
Hiqni dorë, se do të bëheni lodra e botës. Ta
dini se ne, në sy të Evropës së qytetëruar,
jemi negër, dhe asgjë më tepër; ca na shajnë,
ca na përqeshin, ca të pakëve u vjen keq, po
të gjithë na përbuzin e na kanë për të
poshtër. Hiqni dorë, ju them, se u bëmë
palaçot e dheut. Heshtni, shtrohuni,
bashkohuni, punoni, mos u zini besim
raporteve që thonë gjëra të mira për ne, dhe
mbase një ditë dalim të rritur përpara botës.
Udha që shpie në nder, në liri e në shpëtim,
nuk është e shtruar me lule, po me ferra; ai
që arrin në kulm, arrin e grisur, i përgjakur,
i dërsitur, i lodhur; dhe trëndafilat, dafinat,
ujët e ftohtë, lëndina ku është mirë dhe
ëmbël të shtrihet, të gjitha këto i gjen në
kulm vetëm, dhe atje shumë herë as që i
gëzon dot, se bie i vdekur nga të lodhurit,
po me vetëdijen që i hapi një udhë të re
popullit. Ne, vëllezër, jemi negër të varfër,
pa nonjë rëndësi fare; mos dehuni me
moskuptime, mos dëgjoni njerëz të cekët,
njerëz aq të paditur sa ju, më të paditur se ju
ndofta, të cilët kanë vetëm një guxim barbar

dhe të verbër që i shtyn të futen kudo në mes të talljes së përgjithshme. Bëhuni burra! Rrëmbeni kazmat! Puna është më e lartë se trimëria, kazma më fisnike, se palla. Dhe përmi të gjitha, heshtni! Jo fjalë, po kazmën. Jo mbledhje, po kazmën. Jo misione, po kazmën. Dhe parmendën, dhe draprin, dhe shoshën, dhe furrën. Po mjaft lëvdime. E kam zemrën aq të mbushur me lot, sa s'qaj dot. Dhe më në fund, aq di, aq them. Jini të lirë të bëni si të doni.

Mbaroi dhe ndejni. Një heshtje mbretëroi pak çaste. Pastaj vërshëllimë, sharje, krismë në çdo anë. Ca negër tregojin grushtin. Ca kërkojin që t'i heqë fjalët dhe të lipë ndjesë; në mos ta zënë me gurë. Dhjetë oratorë nisnë të flasin menjëherë. Ca të tjerë prapë filluan këngën luftare: I love a lassie , dhe pesëdhjetë çekanë qëllojin me tërbim pesëdhjetë tepsi. Një negër i madh doli në mes edhe nisi një valle të çuditshme, duke u kërrusur, në mënyrë që të imitonte një misërok të egër. Nga një çip doli një ulërimë si e një çakalli. Pa humbur kohë, një tjatër përngjau zërin e një asllani. Nga çdo anë nisnë të imitojnë gjithë kafshët e pyjeve të Afrikës. Gjashtë mijë njerëz të dehur me një frymë mërzie negre, lëvizjin duar e këmbë dhe lipjin zë të gjithë përnjëherjesh.

Tri orë vazhdoi kjo krizë. Më në fund, dy pleq muarrnë të dy idhullat në dorë edhe u bë një heshtje e madhe. "Perënditë, - thanë pleqtë, - janë të kënaqura nga patriotizma juaj, dhe tërë Evropa do të çuditet me ndjenjat fisnike; me rregullën, qetësinë, kuptimin dhe qytetërinë tuaj. Tani, - vazhduan pleqtë duke folur bashkërisht, - ju proponojmë të dërgohet një falënderje Inglisë dhe Francës, që na bënë shokë dhe miq, edhe një falënderje të diturve të Inglisë që na nderuan duke kërkuar dritë dhe mësim nga ambasadori ynë". Një rrufe durëtrokitjesh e priti këtë proponim, i cili u votua me një zë. Plugu psherëtiti dhe shtiri një lot, një pikë, e cila zbriti ngadalë nëpër faqe e gjer në qafë, ku u zhduk. Turmës ky lot nuk i shpëtoi, dhe një thirri: "Shikoni nakarin, shikoni zemërligësinë! Qan, se triumfi s'është për të, është për një tjetër, për një më të zotin, për një diplomat, për një të ditur me themel".

Si u qetësua përsëri turma, u ngrit një negër i quajtur Zgjebo, i cili kish bërë katër vjet, si kafaz në një hotel të Palermos edhe dinte pak italisht.

-Unë, - tha, - proponojmë që të dërgojmë një lajmërim miqësie te Mbreti i Abisinisë, duke qenë se ai është i vetmi mbret negër i lirë; dhe meqë në oborr të Abisinisë ka njerëz që dinë italisht, të falat tona t'i dërgojmë në këtë gjuhë.

-Kjo ide është shumë e mirë, - tha Plugu, - dhe mund ta përkrah edhe unë. Po kush do ta shkruajë kartën?

-Unë, - tha Zgjebua.

-Dini mjaft italisht, sa të bëni një dokument diplomatik?

-Di shumë bukur.

-Gëzohem. Po thonëmi pak, si do ta nisni?

-Ja kshtu, - tha Zgjebua, - "Sacramento Re".

-"Sacramento Re"? - pyeti me çudi Plugu. - Doni të thoni pa dyshim "Sacra Maesta".

-Jo. Thashë dhe them "Sacramento Re". Ashtu është në italishte të mirë.

Një hije dëshpërimi ngrysi fytyrën e Plugut. Deshi të flasë, po iu duk më kot t'i bjerë murit me kokë. Heshti. Po turma, e cila s'pëlqente fjalët, s'pëlqente as heshtjen e Plugut. Shumë zëra u ngritnë nga të gjitha anët që i kërkojin mendjen. Po ai nuk u tund nga vendi.

-Shokë, - tha një nga negrit e motuar, - unë proponoj që pastaj të këndohen që të dyja, dhe të zgjedhim njërën për të dërguar.

Të gjithë e pëlqyen proponimin, veç Plugut, i cili u ngrit dhe deklaroi që italishten e dinte shumë pak, "mjaft sa për të ndarë shkrimin e mirë nga të keqin, po jo sa për të shkruar vetë". Po turma e shtrëngoi të bëjë sa di. Ashtu u ulnë që të dy, dhe duke pshtetur në pëqi shkruan komplimentin e Zullulandit për Negusin e Abisinisë.

Fjalët e Plugut ishin këto:

Maesta!

II popolo dello Zululand, ammiratore sincerissimo dell'energia, della capacita, dello spirito d'indipendenza dell'Abissinia, chiede il permesso di porgere a Vostra Maesta, ilfiero campione della liberta africana, i suoi umilissimi saluti e l'assicurazione d'una devozione illimitata. [12]

---

[12] *Madhëri*
Populli I Zullulandit, admirues i çiltër i energjisë, aftësisë, i shpirtit të pavarësisë së Abisinisë, kërkon

177

Faik Konica

Teksti i Zgjebos ish ky: .

Sacramento Re!

La popolo del Zululand amaro molto molto Abisinia, e popola nero tutofratelo, e mi credo arivare tempafare uniono tute pozvoli africana, e te, Sacramento Re, esere nostromo e capofachino a tuti noi per trucidare bianco e Africa libera, e cosi noi dire bongiorno e baciare tuo gambe, Sacramento Re.u[13]

Kur u këndua karta e Plugut, një heshtje prej akulli mbre- tëroi mi turmë. Po kartën e Zgjebos e pritnë me bërtima dhe brohori. Prapë nisnë vallet dhe pesëdhjetë tepsi rrahnë nga pesëdhjetë çekanë. Ha-ha-ha! - bërtisjin ca. Hu-hu-hu! -ulërijin të tjerë. Kur u qetësua pak manifestata, Plugu, i shtyrë nga një pakicë miqsh besnikë po të trembur,

---

leje t'i drejtojë Madhërisë Suaj, kampioni krenar i lirisë afrikane, përshëndetjet e tij më të përvojtura dhe sigurimet e devootshmërisë së pakufijshme
[13] *I shenjti Mbret*
Populli i Zululandit i hidhëruar shumë Abisinia, dhe njerëzit zi qenë gjithë vëllezër, mendoj erdhi koha bëri bashkim gjithë popuj afrikanë dhe ti , i shenjti Mbret, bëju prijës e mësues për të gjithë ne të për të bardhët e Afrika lirë e kështu ne themi mirëdita e puth këmbët e tua, i shenjti Mbret

u ngrit të japë një fjalë: -Zo.tërinj! (Se pa dyshim, jini zotërinj, xhentëlmen në tërë kuptimin e fjalës), karta që më shtrënguat të bëj italisht, në një gjuhë që ju thashë se s'jam i zoti ta përdor mirë, nuk është shkruar bukur; është e mëngjër, si e shkruar shtrembër, jo me lehtësinë e dorës së djathtë; po megjithatë, lajthime s'ka, dhe mund të këndohet pa qeshur. Letra që ka shkruar z. Zgjebo është fare qesharake, dhe do ta ç'nderojë edhe në sy të abisinasve, ndonëse edhe ata janë negër si ne. Teksti i z. Zgjebo ju pëlqeu. Po thomëni, ju lutem, sa prej jush dinë italisht? Dhe nga ata që mund të dinë pak, kush është i zoti të zgjedhë cili tekst është më i mir? Më vjen shumë keq ta them: po në çdo punë që bëni, në çdo masë që merrni, në çdo lëvizje e në çdo fjalë që ju del nga goja, shoh shenjën e një barbarie të thellë. Më tepër plakem, dhe më tepër më hyjnë dyshime në do të qytetërohemi dot nonjë ditë. Kam frikë se jeni të mbyllur në një qark veskeq, nga i cili s'dilni dot, dhe është ky: Doni independencën që të mundni të mbeteni zullunj; po duhet të mos mbeteni zullunj në daçi të fitoni independencën. Ka dhe një tjatër pikëpamje...

Këtu turma u egërsua. "Hiq-e fjalën pikëpamje!" - britnë disa zëra. "Ki turp!" - thirrën të tjerët. Ca miq iu afruan dhe i thanë në vesh: "Na prishe punë. Pse përdore një fjalë të poshtër? Kërko ndjesë, dhe vazhdo fjalën." Po turma sa vente dhe po egërsohej. "Ejani ta vrasim tradhtorin!" - ulërijtin një shumicë. Dhe nxuarnë pallat, dhe nisnë vallen luftare, të kërrusur, dhe duke imituar misërokun e egër.

Plugu, pa humbur kohë, kish bërë planet e tij. Një të heahur, një të rrëmbyer të dy Perënditë prej borige dhe prej dushku, një të ikur: dhe aq shpejt, sa zullutë e dehur nga marrëzia e panë kur ish tepër vonë që ta zijin. Të gjithë, menjëherë, u sulnë nga pas: dhe një rendje e çuditshme, një maratonë në mes një njeriu dhe gjashtë mijë njerëzve, nisi nëpër fushat dhe brigjet e Zullulandit. Orë dhe orë, ky gjah tragjik vazhdoi pa mëshirë. Plugu, sado që ish i penguar nga të dy kërcunjtë e vegjël të Palestinës që mbante nën çdo sqetull, përparonte; po dhe turma e zulluve, e tërbuar nga fanatizma, nuk mbetej pas. Më në fund w afruan një lumi, dhe këtu maratona u ndez më tepër, se ish afër mendsh që plani i Plugut që të arrinte i pari në urë. Vrapojin të gjithë si të marrë ngjat lumit, i cili ish i thellë dhe i rreptë, dhe s'ish punë të kapërcehej me not. Fanatikët hidheshin si leopardë dhe tigra, - kur namëta! U duk ura për së largu. Plugu hodhi menjëherë nga pas Perëndinë prej dushku; dhe siç kish bërë hesap, një minutë më vonë që të gjashtë mijë zullutë qëndruan që ta mbledhin, të shohin se mos qe plagosur, dhe t'i bëjnë një lutje të shkurtër. Plugu shkeli në urë, dhe menjëherë vërtiti Perëndinë prej borige. Kapërceu më anë tjetër; dhe me forcët e tij të shumësuara nga rreziku, "urën", e cila s'ish veçse një shelg vigan, i shtënë pa gdhendur, anë e mb'anë e luajti dhe e hodhi në lumë, ujërat e të cilit muarnë me shpejtim tatëpjetë. Dhe pa humbur kohë, Plugu nisi të rendë nga ana tjatër e lumit, se një mal që ngrihej drejt posi një mur prej shkëmbi, e shtrëngonte që të vazhdojë ngjat zallit. Turma, e habitur dhe e dëshpëruar, humbi përsëri pak kohë me Perëndinë e dytë; pastaj nisi prapë maratonën, me qëllimin që të arrinte në një va më sipër, dhe atje të kapërcente lumin. Marathona tani, në vend që të ish në një vijë, ish në dy vijë paralele, me lumin në mes. Po turma s'ish më aq e tërbuar: se të dy Perënditë i gjeti të thyer shumë pak, vetëm në kokë, vend i cili në Zulluland s'ka nonjë

rëndësi; po në vithe e në bark, që për zullutë
janë vendet më fisnike të trupit, Perënditë
nuk ishin plagosur aspak: dhe turma këtë e
mori si një shenjë që Perënditë nuk ishin
zemëruar kundër Plugut. Ashtu zullutë
ishin pak si më të zbutur, por prapë
maratona vente përpara. Plugu, i lehtësuar
nga kërcunjtë, e ndiente veten e tij më të
fortë; dhe ca për të qeshur, ca për të tallur,
ca për të ritmuar çapin e tij, nisi të hedhë në
erë, me zë të plotë, një vjershë në stil të
pëlqyer të Zullulandit:

Ajo vajëzë e huaj,

Që u lind pas nëntë muaj.

Sikur t'ish lindur pas shtatë

Ndofta s'do t'ish aq' egjatë:

Sikur t'ish lindur pas tetë

Mund që s'ish në këtë jetë:

E ëma e kish dështuar,

Dhe prifti e kish mbuluar!

Papo meqë ësht' e gjallë,

Pa dyshim në varr s'e kallë.

E marta kur u mbarua,

E mërkura u fillua.

Ti, njeri, do robërinë?

Ahere s'dashke lirinë.

Jo po deshe ligësinë,

Nuk e dashke mirësinë.

Dy e dy na bëjnë katër,

Druri digjen mu në vatër.

Misëri rritet në arë,

S'mbin gjësendi kur s'ka farë.

Një breshër dorëtrokitjesh nga zalli tjetër, i provoi Plugut që "vjershat" e bukura kishin qenë edhe dëgjuar, edhe pëlqyer nga zullutë. Mbyti një të qeshur në grykë dhe vazhdoi kështu:

O njeri, të qofsha falë,

Faik Konica

S'është gjarpër, është ngjalë.

Kafsh që ka katër këmbë

Pa dyshim s'ka dypëllëmbë.

Ç'është m'e bukur nëjetë:

Thikë, plumb apo shigjetë?

Ç'gjë m'e paqme, o tru plaku;

Djersët, morrat, apogjaku?

Ahere kur bën të ngrohtë

 Trupi nuk ndjen të ftohtë.

Këmb' e bufit është thyer,

Kukuvajka ka lëngjyer.

Sillni darën, shpejt, o trima!

Shkula gozhdën, mbeti vrima.

A do qumësht apo dhallë?

Gomarica vjen vërdallë.

Rroft' e qoftë Zullulandi!

Dhe meqë s'gjente shpejt një vjershë që t'ujdiste, shtoi pa humbur kohë:

Bandi, dandi, kandi, randi!

Nata tani kish nisur të zbresë përmi tokë. Një qetësi e plotë mbulonte erën e kulluar. Kur u mbarua vjersha, plasi një entuziaszmë pa kufi në mes të zulluve. Kishin arritur në va, po në vend që ta kapërcejnë, nisnë të heqin një valle ritmike, duke përpjekur duart e duke kënduar me një zë vjershat e perëndishme:

Gomarica vjen vërdallë:

A do qumësht apo dhallë?

Bandi, dandi, kandi, randi,

Rroft; e qoftë Zullulandi!

"Ah, vjershëtor! - britnë njëqind zëra, - pse s'na the më parë vjersha aq të mira? Pse na mundojë me gjëra që s'na pëlqejnë? Eja, kthehu, mos ik, të gjitha janë të falura e të ndjera: Vetëm të na bësh dhe të tjera vjersha të mbaruara si këtë që dëgjuam, dhe do të të nderojmë mase. Ku ta dijim ne se qenkeshe një vjershëtor aq i madh? Faj s'të kemi, Plug, ke faj ti që na shfaqe vetëm ligësitë tënde, dhe mbajte të fshehura madhësitë që të falnë Boriga dhe Dushku. Eja, se tani të kuptojmë dhe të duam!"

Nja dhjetë veta, nga miqtë e Plugut, hujtin në va dhe dualnë m'anë tjatër. Po nata tani ish e thellë; dhe Plugu, i fshehur në një shpellë, s'luante. E kërkuan, e thirrnë, iu lutnë: po u bë posi i vdekur. Dhe si u lodhnë, u hodhnë prapë matanë të lumit; dhe të gjithë bashkë, duke kënduar vjershën e re që të mos e harrojnë, u kthyen ngaha kishin ardhur.

Plugu mbeti nonjë orë i dalldisur, me trupin dhe mendjen të lodhur, tërë jeta e tij e shkuar iu shfaq përpara, posi një film ëndrre dhe ankthi: shpresat, mendimet, luftët, plagët dhe të rënët; armiqtë seriozë dhe e nxehtë dhe të vaktët dhe të rënët; açmiqtë seriozë dhe armiqtë qesharakë dhe bufonë që shtijin jargë bashkë me pallavrat: gratë e mira dhe gratë e këqija: çupat engjëllore dhe çupat nepërka; dhe politikanët dhe intriganët e bardhë, të gjithë armiq të Zulluve, dhe kur jo armiq, pa dyshim përbuzës të fshehtë, me mendimin e pashfaqur që një zullu është një zullu, jo një njeri si të tjerët: "Jeta ime, - psherëtijti, - është një faliment". Dhe doli nga shpella, si një hije e vetvetes.

Vajti buzë lumit, lau duart dhe faqet, piu pak ujë. Shikoi valët që mirrjin tatëpjetën me sulmin e një rrëkeje. Një mendim i vetëtiu në tru. Kujtoi fjalët e Hamletit: "Vdekja? Një gjumë. Asgjë tjatër. Dhe me gjumë, të thuash se i dhamë fund dhim-bjeve të zemrës edhe mijëra pësimeve që vuan mishi i njeriut, është një mbarim për të dëshëruar me forcë". Po si Hamletin, ashtu edhe Plugun, kushedi se ç'instikt i errët dhe i thellë e mbajti në buzë të përroit.

- Jeta ime, - tha përsëri, - është një faliment, një failure. Asnjë nga qëllimet që kam pasur nuk e kam arrijtur. Kam parë të vërtetohen vetëm karrikatura e ca ëndrrave të mia. Desha një Zulluland të qytetëruar të lirë, si një çap të parë për një Afrikë të lidhur me një federatë të madhe, një Afrikë të shkulur nga thonjët e të huajve, të përparuar dhe të nderuar si një fuqi e madhe. Dhe ç'shoh përpara syve?

Këtu qeshi, pastaj vazhdoi:

-Ndofta fajin e' kam pasur vetë, se desha të bëj të pamundurën: desha të lëroj shkëmbin. Afër mendsh, në vend që të shpoj gurin, thyeja dhëmbët, dhe m'u bë mirë. Dhe tani, ç'të bëj dhe ku të vete?

U dalldis prapë në mejtime. Nëmërojti ca nga fqinjët e Zulluve: Barongat, Matabelete, Basutot, Hottentotet, Boshi- manet. Të vejë të kërkojë hospitalitetin e këtyreve? Edhe këta aq të poshtër, aq gjakpirës, aq tru shterpa sa Zullut. Afrika e tërë i doli përpara syve si një vend i mallkuar dhe i fëlliqur, që bie erë djersë dhe gjak anembanë.

-Të iki nga ky kontinent, të iki përjetë, dhe jo nesër, po që sonte, që tani. Të shkund këmbët mirë, që të mos më mbetet as pluhur nga dheu i Afrikës: dhe i sëmundjeve, i vrasjeve dhe i vjershave mirlitone. Të iki. Të shkoj në nonjë vend të largmë, dhe të zë nonjë punë të përulur, një punë me duar, dhe të fitoj me bukën ndofta edhe qetësinë e shpirtit - pro- tagonist i një tragjedie të fshehtë dhe të errët.

Dhe menjëherë u ngrit, dhe mori udhën e Durbanit, për të zënë atje nonjë vapor për Azi, për Australi a për Amerikë.

Prozë e Zgjedhur

1922

Faik Konica

KOMENT
KATËR PËRRALLAT NGA
ZULLULANDI

"Katër Përralla nga Zullulandi" është një cikël tregimesh prej të cilëve u botua vetëm njëri: "Një ambasadë e zulluve në Paris", në gazetën "Dielli" 1922. Ashtu si dhe vepra tjetër e rëndësishme e Konicës "Doktor Gjilpëra" dhe kjo mbeti një fragment i asaj që kishte menduar autori si vepër të plotë.

Në ciklin me tregime "Katër përralla nga Zullulandi", Faik Konica trajton një temë origjinale me një subjekt disi të veçantë dhënë në një plan, kryesisht satirik. Gjithçka shihet me syrin e njeriut realist, për të cilën ajo çfarë dëshiron të shohë me atë që sheh realisht, ka një hendek gati të pamundur për t'i kaluar. Duke qënë i ndërgjegjshëm për këtë, në tregimin "Një am- basadë e zulluve në Paris", Konica i flet lexuesit shqiptar nëpërmjet tekstit dhe nëntekstit. Ngjarjet dhe personazhet e çojnë lexuesin në Afrikë, por disa nga problemet dhe shqetësimet nuk janë të huaja për shoqërinë shqiptare të kohës. Konica tregon për zullutë, si një popull i prapambetur i Afrikës, i shtypur nga kolonizatorët e huaj, që ndodhet në një nga udhëkryqet e historisë së tij. Bijt e tij më të mirë aspirojnë e përpiqen për një jetë të lirë dhe një shtet të pavarur. Por rruga drejt lirisë së vërtetë nuk është aq e lehtë, aq më tepër për popullin e Zullulandit që, ndonëse plot energji dhe kulturë origjinale, nuk e ka fituar plotësisht ndërgjegjjen kombëtare.

Ai është në kërkim të udhëheqësve të vet, që do t'i prijnë në luftë, dhe kjo përbën boshtin e veprës.

Lëvizja e zulluve ka nxjerrë dy udhëheqës të mundshëm, të cilët qëndrojnë në pozita krejt të kundërta, Deni-Zulla-Serpia dhe Plugu. I pari, është një politikan aventurier, mashtrues e demagog, përfaqësues i interesave të ngushta të tribuve, që bën lojën e të huajve dhe përpiqet për një lëvizje të ngushtë mbi baza fisnore që e mban popullin në skllavëri. I dyti, Plugu është udhëheqësi i vërtetë i popullit, që pa bujë por me një mençuri të heshtur synon e punon të krijojë një lëvizje të vërtetë kombëtare në Zulluland. Ai përpiqet tri

191

kthejë zullutë nga një turmë e përgjakur në
një komb me dinjitet, dhe atdheun në një
vend të bashkuar, të lirë, të qytetëruar e me
nder.

Emri i heroit të veprës "Plug" është
kuptimplotë, përderisa ai kërkon e lufton të
plugojë mendjen e popullit të paditur, të
zgjojë e ta drejtojë atë në rrugë të mbarë.
Mirëpo, njerëzit e vendit të tij nuk e
kuptojnë, nuk e besojnë, madje e fyejnë dhe
e kërcënojnë, janë gati ta ndëshkojnë. Autori
vë në dukje dramën e'këtij idealisti të pastër
dhe besnikërinë e tij ndaj interesave të
atdheut. Debatet në kuvendet e krerëve,
manifestmet plot zhurmë e bujë të turmave
theksoinë pozitën dhe gjendjen e rëndë
shpirtërore të Plugut.

Problemi i raportit të individit, në rastin
tonë të Plugut, që ka realisht vlera me
turmën e pazhvilluar e të egër, si dhe nga
ana tjetër ai i domosdoshmërisë së
zhvillimit për të arritur tek një popull i
qytetëruar, ndërthuren. Por njëkohësisht,
kjo problematikë ndërthuret dhe me
pozicionin që mban Evropa, pra ajo që
përcakton në plan të përgjithshëm fatet e
popujve të vegjël në përgjigje të dëshirës së
tyre për vetëqeverim. Distanca e madhe që

ekziston mes këtyre dy niveleve: prapambetjes e pamundësisë reale të qeverisjes prej zulluve nga një anë dhe vështrimit cinik, përbuzës e plot sarkazmë të Evropës e bëjnë Plugun ta cilësojë krejt të dështuar gjithë veprimtarinë e tij: "Jeta ime ështënjëfaliment... Desha një Zululland të qytetëruar dhe të lirë... Dheç'shoh përpara syve?..."

Kontrasti i thellë e bën po ashtu skeptik për të ardhmen e Zullulandit. Ai nuk gjen rrugëdalje për të dalë nga rrethi vicioz: "Doni indipendencën që të mundni të mbeteni zullunj; po duhet tëmos mbeteni zullunj nëdaçi tëfitoni indipendencën".

Nga ana tjetër vetëm një tejkalim i këtij paradoksi ndoshta do ta bënte Evropën ta shihte me tjetër sy Zullulandin e fatin e njerëzve të tij.

Konica si njohës i historisë së popujve dhe psikologjisë së njerëzve ka kapur me mprehtësi dhe e ka kthyer në objekt trajtimi artistik një dukuri historiko-sociale: ekzistencën e turmës si një masë e pavetëdijshme e zhveshur nga aspirata kombëtare, e pushtuar nga instikte shkatërruese. Një masë e tillë, në jetën e popujve të pazhvilluar siç paraqiten zullutë, bëhet lehtë pre dhe viktimë e demagogëve dhe sharlatanëve politikë, e njerëzve si Serpia, që i shfrytëzon për qëllime të mbrapshca!

Turma e zulluve, përshkruhet nga shkrimtari nëpërmjet situatave tragjikomike, që arrijnë kulmin, kur Plugu tregon të vërtetën dhe masa ngrihet kundër tij. Tregimi mbyllet me një mendim skeptik, kur Plugu, i dëshpëruar, pohon: "Desha të lëroj shkëmbin". Dheprej këtij çasti aibraktis atdheun dhe merr rrugën e mërgimit.

Mesazhi i veprës është: Të punohet për ta ngritur popullin, për ta ndërgjegjësuar, për ta pluguar mendjen dhe vetëdijen e tij, në mënyrë që të dallojë të vërtetën nga gënjeshtra, të mirën nga e keqja. Në këtë vështrim, rol të veçantë i jepet punës, si faktor zhvillimi dhe emancipimi në jetën e njeriut dhe të shoqërisë.

"Katër përralla nga Zullulandi", është një vepër me vlera të spikatura ideoartistike. Falë mjeshtërisë narrative dhe sensit të masës, autori arrin të krijojë atmosferën e jetës politike, të zbulojë mekanizmin e luftës që zhvillohet, veçanërisht të vizatojë saktë portretet e udhëheqë<;ve dhe të turmës. Nga ana tjetër, të derdhë humorin e tij të hidhur, të stigmahzojë të keqen me satirë dhe sarkazmë, të rrëfejë e të përshkruajë me një gjuhë të shkathët karakterizuese dhe lakonike.

Faik Konica

Permbajtja

Prozë e Zgjedhur